この行為はなにも間違っていない。
気にするほうがおかしいはずなのに、
私は見られてもいい理由を探している。
「……そんなに脱がせたいの？」

〝友だちごっこ〟の相手が視界に入った。
遠目にも仙台さんだとわかるその人は、
私の家に来る彼女とは服装も雰囲気も違っていた。

「そうだよ。そのままだと風邪引く」
これは、仙台さんのためにしていることだ。
少しドキドキしているけれど、
こんなのは気のせいだ。

週に一度クラスメイトを買う話2
～ふたりの時間、言い訳の五千円～

羽田宇佐

ファンタジア文庫

3312

口絵・本文イラスト　U35

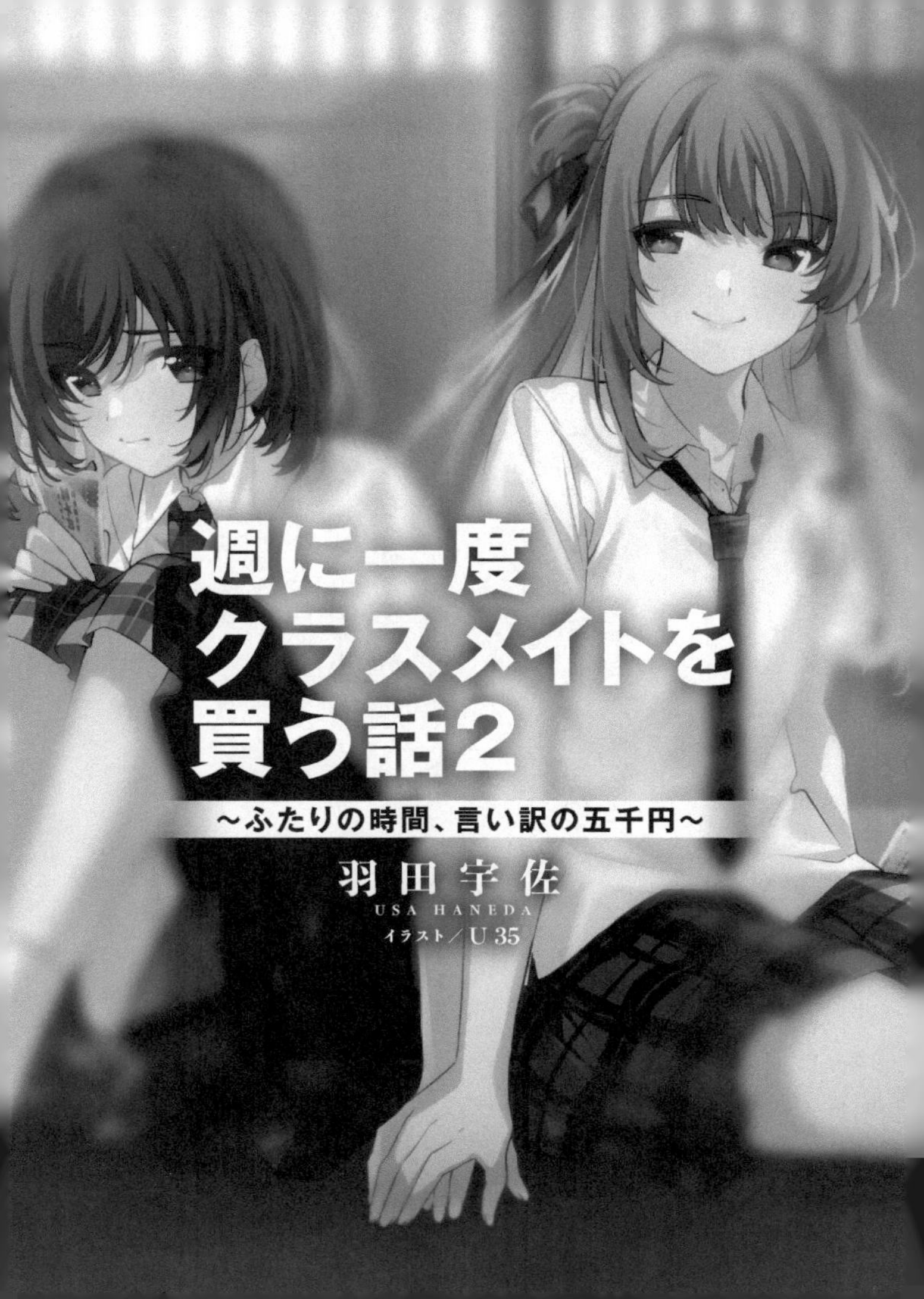

週に一度クラスメイトを買う話2

～ふたりの時間、言い訳の五千円～

羽田宇佐
USA HANEDA
イラスト／U35

第1話　命令をするのは私で仙台《せんだい》さんじゃない

三年生になって初めての中間テストは散々だった。

勉強は嫌いだけれど、テスト前になれば教科書くらい開くし、公式や年号の暗記をする程度の努力はしている。でも、それができなかったし、役に立たなかった。

おかげで、特別良《よ》いわけではないけれど特別悪くもなかった成績が下がった。

理由は仙台さんにある。

テストの前にあんなことがあったから、なにもかも上手《うま》くいかなかった。

私はベッドを背もたれにして床に座ったまま、小さく息を吐く。

六月に入って夏服への衣替えも終わり、身軽になった仙台さんは平然とした顔をして私の隣に座って雑誌を読んでいる。

彼女の定位置はベッドの上だったはずだ。

キスをしたせいかどうかはわからないけれど、少し気安すぎると思う。

私は開いたまま読んでいなかった漫画に視線を落として、すぐに閉じる。仙台さんが読んでいる雑誌に目をやると、ぺらりとページがめくられる。可愛《かわい》く見えるとか、好感度を上げるとか軽薄な文字が表紙に並んでいたそれは、本屋で財布を忘れたらしい仙台さんに五千円を渡したときに彼女が買っていたものと同じ種類のものに見えた。

表情を変えずに仙台さんがまたページをめくる。

『気まずいのなんて最初だけだって』

そう言ったのは仙台さんだけれど、五月にキスをしてから初めて呼んだにもかかわらず気まずさなんて感じていないように見える。

よくわからない。

キスをしてから、友だちじゃない仙台さんはもっとよくわからないなにかになってしまった。

私は漫画を本棚に戻して、新しい本を持ってくる。

――呼ばなければ良かった。

今日は嫌なことがなかったけれど、仙台さんを家へ呼んだ。

五千円を渡して、彼女の放課後を買う。

今までそうしてきたように今日もそうした。

キスをしたから呼ばなくなったなんて思われたくはなかったし、あれくらいなんでもないというような顔をして彼女に会えると思っていたけれど、私はもうそれを後悔し始めている。

五月の出来事が六月の私に影響している。

それなのに、相変わらずブラウスのボタンを二つ外して、ネクタイを緩めている仙台さんは、キスをする前と変わらないいつもと同じ仙台さんだ。

「宮城《みやぎ》ってこういう雑誌、好きなの？」

読んでいるのか見ているだけなのかわからない速度でページをめくっていた彼女が雑誌から視線を上げ、問いかけてくる。

「好きじゃない」

「ずっとこっち見てるから、こういうの好きなのかと思った」

「見てないし、そういう雑誌興味ないから」

軽い声と少し上がった口角から、からかわれていることがわかって、素っ気なく答えておく。

「私もあんまり好きじゃない」

「わざわざ買って読んでるのに？」

「そ、わざわざたいして好きでもない雑誌買ってるの」

単調に言って、仙台さんが雑誌を閉じた。

熱心に読んでいるわけではない理由はわかったが、好きでもない雑誌を買う理由は明かされない。でも、彼女の友人関係から推測はできる。

表紙を飾る浮ついたキャッチコピーは、茨木《いばらき》さんが好きそうな言葉だ。

八方美人も大変らしい。

私の前でもその八方美人ぶりを発揮してくれたらもう少し心穏やかに過ごせそうだと思うけれど、そういう仙台さんはこの部屋に必要ないし、そんな仙台さんだったらこんなにも長くこの部屋に呼んでいないはずだ。

「そうだ、宮城。テストどうだった？」

麦茶を飲みながら、仙台さんが問いかけてくる。

良くなかったとは言いたくない。

結果が悪かった理由を想像されそうで、絶対に言いたくない。

「普通。仙台さんは？」

「私も普通。平均点教えてよ。個票返ってきたでしょ」

確かに返ってきたけれど、〝中間テストの成績個票〟はあまり見たくはないし、思い出したくもない。

「なんでそんなこと言わなきゃいけないの。聞きたいなら、先に自分の言ってよ」

「いいよ、鞄《かばん》とって。個票入ってるから。見たほうが早いでしょ」

そう言って、仙台さんが私の腕に触れる。

合服から夏服になり、ブラウスは長袖から半袖になった。彼女の手を遮る布がないせいで、肌に直接熱が伝わる。鞄が私の近くにあって、それを早く取ってという意味でしかない手に体が固まりかける。

馬鹿馬鹿しい。

小さく息を吐いて、仙台さんの手を押し返す。

「見なくても、いい点取ってるってわかってるからいい」

「良くなかった。普通」

「頭のいい人の普通って、私と比べたらいい点ってことじゃん」

「そんなことないって。鞄、取ってよ」

仙台さんがぽんっと私の腕を叩《たた》く。

たぶん、テストの点なんてどうでもいいんだと思う。

私が見ないと言っているから、面白がって見せようとしているだけだ。

彼女は、こういうことばかりする。

私は仙台さんの膝の上にあった雑誌を奪って、彼女の鞄に向かって放り投げる。

「取ってきて」

冷たく言って、仙台さんを見る。

鞄が取りたかったら、雑誌を取るついでに持ってくればいい。

「はいはい。命令でしょ」

返事は一回だと何度言ってもきかない仙台さんが「よいしょ」と立ち上がると、雑誌だけを取ってくる。手に持ったそれを渡してくるのかと思ったら、元いた場所に座ってぺらぺらとページをめくり、ゆるく髪を巻いた女の子を見せてくる。

「こういう髪型にしてみれば」

提示された髪型は可愛いけれど、私に似合うとは思えない。

「やってあげようか？」

そう言いながら伸ばされた彼女の手に記憶が蘇《よみがえ》る。

キスをする前、仙台さんに髪を触られた。

柔らかく、優しく。

そして、その手が頬に触れ――。

「やらなくていい」

記憶をなぞるように伸ばされた彼女の手をよけ、髪にその手が触れるより先に告げる。

「似合いそうだけど」

「似合うとか似合わないとか関係ないから」

今の行動が意識をしてしたことなのか、無意識のましたことなのかは知らないけれど、今日の仙台さんはいつも以上に馴《な》れ馴《な》れしい気がする。

こういうことをするから、彼女は意地悪だと思う。

キスをしたときだって、意地悪だった。

わざわざ私から命令するように仕向けた。

嫌われているわけではないと思うし、からかわれていたわけでもないと思うけれど、仙台さんがどうして命令させることにこだわったのかはわからない。一つだけはっきりしていることは、仙台さんが私をいいように扱っているということだ。学校と違って猫を被《かぶ》っていない仙台さんのことは嫌いじゃないし、私にも彼女に触れたいという気持ちはあったけれど、こういうのはすごく苛々《いらいら》する。

私は、仙台さんのほうに体を向ける。

先生が見逃してくれるくらいの少し茶色い髪が目に入る。

ハーフアップにした髪から耳が見える。

「ピアス、してないよね。してそうなのに」

仙台さんは派手なタイプじゃないけれど、ピアスをしていてもおかしくはない。いつも一緒にいる茨木さんはピアスをしていて、よく先生に怒られている。

「先生に目をつけられたら嫌だし。宮城はしないの？」

「しない」

短く答えてからピアスがあってもおかしくない耳たぶを引っ張ると、仙台さんが驚いたような顔をした。私は、そのまま耳の裏に指を這《は》わせる。

「くすぐったいんだけど」

平坦《へいたん》な声が聞こえてくる。

「そのまま動かないで」

今日は、命令させられたりなんてしない。

私がしたいことを私がしたいようにする。

ゆっくりと指を滑らせて耳の付け根を触ると、仙台さんが私の手首を摑《つか》む。

「くすぐったいって言ってるじゃん」

聞こえてきた言葉は、触るという行為を拒否するものじゃない。けれど、彼女は耳を触る私の手を力ずくで剝がした。

「動かないでって言ったんだけど、聞こえなかった？」

これはお願いではなく、命令だ。

それは、仙台《せんだい》さんもわかっていると思う。

「大体、耳触ったぐらいで大げさなんだって。もしかして、ここ弱いの？」

手を伸ばして、もう一度仙台さんの耳たぶを引っ張る。

「宮城、引っ張りすぎ。痛い」

仙台さんが弱いという言葉を否定せずに眉根を寄せる。でも、表情を動かしただけで体は動かさない。

ゆっくりと、耳たぶから耳の裏に指を這わせる。

耳の付け根をまた触ると、わずかに仙台さんの肩が揺れた。

目に映る彼女の表情は不満そうで、この行為を受け入れているわけじゃないとわかる。

けれど、さっきのように手首を摑んできたりはしない。

「そういうふうに私のいうことをきいてなよ」

黙って私の言葉通りにしている仙台さんを見ると、ほっとする。私の部屋なのに、まるで他人の部屋にいるようなそわそわとした気持ちになることはない。

この場所の主《あるじ》は私で、仙台さんじゃない。

あるべき姿に戻った関係に、ざわざわとしていた心が落ち着く。

耳の輪郭を辿《たど》るように指を滑らせる。

石膏《せっこう》で固めたみたいに不機嫌な顔を保ち続けている仙台さんの耳の中へと指を滑り込ませると、彼女は私から逃げるみたいに体を引いた。

「ちょっと」

低い声が聞こえてくるけれど、耳の中をくすぐるみたいに触り続ける。

仙台さんが手を上げかけて、下ろす。

動かないでという命令は守られ続け、私は彼女の耳を弄ぶ。

学校では澄ましている仙台さんが、むっとしながらも黙って耐えている姿は面白い。

きっと、仙台さんにとって面白くないことは私にとって面白いことで、私にとって面白くないことは仙台さんにとって面白いことなんだろう。

考えるまでもなく、私と彼女は正反対で交わるところがない。

六月になったら五月のことなんてなかったかのように振る舞う彼女について、私が理解できなくても当然だ。日の光に照らされているように、いつも明るい場所にいる仙台さんがなにを考えているのかなんてわかるわけがない。

私は、指を耳の付け根から首筋へと走らせる。

仙台さんがびくりと体を震わせ、抑えた声を出す。

「面白がってるでしょ」

耐えかねたように、彼女が私の腕を掴む。

「面白いもん。抵抗していいよ」

「いい加減にしなよ」

仙台さんが露骨に反抗的な目をする。

「やだ」

一言で仙台さんの言葉を拒否して、彼女の手を振り払う。そして、耳を引っ張って彼女に近づく。

「宮城《みやぎ》、痛いって」

そうだろうと思う。

わざわざ痛くなるように引っ張ったのだから、彼女は正しい反応をしている。

私はそれに満足して、もう少し距離を縮める。

キスをしたときみたいに近い場所に仙台さんがいる。

どくん、と心臓が仙台さんに好意を持っていると誤認する。

私は速くなりかけた心音に気がつかないふりをして、彼女の耳に唇を寄せた。

甘い香りが鼻をくすぐる。それは、仙台さんがベッドを占領した日に枕からする匂いで、嫌な匂いじゃない。

シャンプー、なに使ってるんだろう。

過去に何度か浮かんだ疑問に思考の一部を奪われながら、舌先で耳に触れる。

「くすぐったいってばっ」

仙台さんが私の肩を押す。と言っても、動かないでという命令を忘れていないのか、それほど力が入っていない。許容範囲内の抵抗に軟骨の上に軽く歯を立てると、仙台さんが大げさなくらいに体を震わせた。

「噛まないでよ。命令はもう終わりでいいでしょ」

怒っているわけではないようだけれど、いつもよりも低い声が聞こえてくる。

「だめ」

「だめじゃない。やめて」

「せんだ――」

耳元で囁《ささや》きかけて止める。

そして、言い直す。

「葉月《はづき》、うるさい」

この部屋で、仙台さんに〝志緒理《しおり》〟と下の名前で呼ばれたことがある。

これはその仕返しで、深い意味はない呼び方だ。

私と仙台さんを繋《つな》ぐものは一つの契約で、それ以上の関係にもそれ以下の関係にもならない。初めて五千円を渡した日からそう決まっているし、彼女がここに来る期間も限定されている。

長くても卒業まで。

それ以上は続かない。

私たちには続く理由がない。

区切りのある関係の中で、下の名前を呼ぶなんてことは特別なことじゃない。

私は、耳の下あたりに唇を押しつける。

仙台さんの手が私の背中に一瞬触れて、すぐに離れる。舌先で滑らかな肌に触れると、彼女が静かに息を吐いた。聞き逃しそうな小さな音だったのにそれが耳に残って、自分の心臓の音と混じる。私はその音から逃げるように、耳の裏に舌を這わせる。

「宮城、気持ち悪い」

その声はいつもと変わらない。けれど、呼吸が少し乱れている気がする。私の心臓も、早足よりも速い速度で動いていた。

これ以上はいけないと思う。

でも、気がつかないことにした鼓動の速さに流される。

仙台さんに体重を預けて、そのまま押し倒す。

呆気《あっけ》ないほど簡単に仙台さんの背中が床につく。そのまま耳に噛《か》みつこうとしたけれど、鎖骨の辺りを思いっきり押された。

「これ以上はルール違反」

セックスはしない。

そういうルールに抵触すると言いたいのだろうけれど、これはそういうものじゃない。

「違反してないじゃん」

顔を離して文句を言うと、仙台さんが私を押しのけて体を起こした。

「それに類似する行為でしょ。こういうの」

「もしかして、気持ち良かった？」

からかうように言うと、仙台さんが耳を拭うように触ってから面倒くさそうに立ち上がり、私を見下ろした。

「馬鹿じゃないの。押し倒すなって言ってるの」

遠慮のない足が私の太ももを蹴る。

「ねえ、宮城」

仙台さんがベッドに寝転がりながら私を呼んだ。

「なに？」

「これから葉月って呼んでいいよ」

「もう呼ばない」

ベッドに寄りかかりながら答えると、枕で頭を叩《たた》かれる。たいして痛くもないのに大げさに「痛い」と告げる。けれど、謝罪の言葉は聞こえてこない。かわりに、もう一度枕で頭を叩かれる。

「宮城って、つまんないよね」

ぼそりと呟《つぶや》くその声は、本当につまらなそうだった。

◇◇◇

黒板には世界の歴史が綴《つづ》られ、高橋先生――どら橋は今日も青い服を着ている。聞こえてくるのは興味が持てない国の栄枯盛衰の繰り返しで、どら橋の声は私を素通りしていく。

いつだって思い通りにならない。

結局、仙台さんに命令をしても彼女が動揺するのはとても短い時間だけで、最後には私の方がたなびく煙のように頼りのない気持ちになる。

望んでいるのは、こういう結果じゃない。

私は教科書を一ページめくる。

仙台さんの息づかい。

甘い香り。

柔らかな耳たぶと骨の感触。

そして、ほんの少しだけ赤かった頬。

頭に浮かぶのは昨日のことばかりだ。記憶の引き出しにしまいきれない出来事が続いたせいで、思考の大半が仙台さんに奪われている。

こんなのおかしいじゃん。

今までだってあの程度のことはしている。

キスマークをつけたこともあるし、首筋を噛んだことだってある。昨日したことは、そういうこととたいして変わらないことだ。

それなのに記憶は頭に残り続け、鮮明になっていく。

最近はこんなことばかりだ。

仙台《せんだい》さんが絡《から》むと、いいことがない。気まぐれから始まった関係なのに、彼女の存在が随分と重くなっているような気がする。

私は、ペンケースの中から仙台さんに渡し損ねて部屋に残されていた消しゴムを取り出す。私の元から彼女の手に渡り、音楽準備室で無理矢理返された消しゴムは使われた形跡がない。

わざわざ返しにくるようなものじゃないのに。

あのとき仙台さんが教室に来て私を呼び出さなければ、私と彼女の関係は途切れていただろうと思う。キスをすることだってなかった。

「よそ見してないで、こっち向く」

まるで私のことを指しているようなどら橋の声が聞こえて、顔を上げる。けれど、注意されていたのは前から二番目の男子で、やけに難しい質問が投げかけられていた。

私じゃなくて良かった。

恒例になっているどら橋の八つ当たりのターゲットから逃れた私は、ペンケースからもう一つの消しゴムを引っ張り出して、消したい文字もないのにノートに書いた文字を消す。世界の歴史の一部が消滅し、授業の内容が失われる。

意地悪な質問に対する答えは、いつまでたっても聞こえてこない。

私は黒板を写し直し、仙台さんから返ってきた消しゴムをペンケースにしまう。

今日最後の授業はそのまま八つ当たりを交えながら進んでいき、私がどら橋のターゲットになることはなかった。

「こういうときって、天気予報外れるよね。体育祭の練習、中止になるかもって期待してたのに」

ホームルームが終わると舞香《まいか》がやってきて、残念そうに言う。

気持ちはわかる。

体育祭が近いから仕方がないとはいえ、放課後を潰すイベントは歓迎できない。

「私も中止だと思ってた。全体練習とかだるいんだけど」

ため息交じりに答えてから、窓の外を見る。

朝見たニュースでは傘を持って行けと言っていたのに、空が雲に覆われているだけで雨は降っていなかった。

「放課後にわざわざやる？　やるなら授業潰してやればいいのに」

隣で亜美《あみ》が雨粒一つ落とさない空を見て言い、体育祭の合同練習に関する文句を並べ立てる。そして、最後に「早く帰りたい」と付け加えた。体育祭を楽しみにしている人たちもいるけれど、私たち三人はそれほど楽しみにはしていない。

「まあでも、文句言ってても中止にはならないし、怒られる前に行こっか」

諦めたような舞香の声に「そうだね」と同意して、体操服を持って立ち上がる。やる気が出ないまま三人で教室を出て更衣室へ向かう。廊下では亜美が「やりたくない」と呟き続け、舞香が同意し続ける。

そんなことをしていても天気予報は外れたままで、私たちはグラウンドへ出た。

合同練習だけあって、広いはずのグラウンドが狭く感じるほど人がいる。それでも探すまでもなく、仙台さんが目に入る。

まだ整列はしていない。

けれど、なんとなく学年別、クラス別にまとまっているから、隣のクラスの彼女がすぐに目に入ってくるのは仕方がないことだ。必然的に仙台さんの隣にいる茨木《いばらき》さんの姿も視界に入ってきたけれど、これもどうしようもない。

仙台さんは目立つほうだけれど、茨木さんはもっと目立つ。

明らかに茶色い髪に、着崩した体操服。

ピアスもネイルも装備して、学校に敵なんていないように振る舞っている。側《そば》にいる仙台さん以外の友だちも似たようなもので、そこだけ別の世界のようだ。でも、楽しそうに

男子に声をかけている茨木さんを見ていると、仙台さんとは合わないと思う。

なんで一緒にいるのかわからない。

遠くから見ているだけだったときは、二人は似た者同士だと思っていたけれど、今は違う。

仙台さんは、茨木さんと趣味嗜好《しこう》が合いそうにない。

「志緒理、なにぼーっとしてんの」

舞香に、ぽん、と肩を叩かれて、仙台さんを視界から消す。

「え？　早く終わらないかなって」

「まだ始まってもいないのに終わらないでしょ。って、茨木さんいるじゃん。こういうのサボりそうなのに」

私がさっきまで見ていた場所に舞香の視線が向かう。

「内申点気にしてるんじゃないの？」

亜美の軽い声に「今さらだと思う」と舞香が返す。

「今さらでも気にしないよりいいじゃん」

「まあ、そうだけどさ。あ、そう言えば志緒理。あれから仙台さんとなんかないの？」

舞香が茨木さんから仙台さんへと視線を移し、期待に満ちた声で聞いてくる。亜美も

「それ聞きたい」と私の腕を摑《つか》んでくる。

仙台さんが教室にやってきて、私を呼び出した。

それは舞香と亜美にとって驚くべきことで、あれから二人は仙台さんのことをよく口にするようになった。簡単に言えば、私をわざわざ呼び出しにやってきた仙台さんは二人の興味の対象になっている。

一応、それらしい理由を告げてあるけれど、あの日から結構な時間が経《た》った今でもこうやって仙台さんについて聞いてくるところをみると、納得はしていないのだろうと思う。

二人の顔を見ると面白い話を聞きたいとはっきりと書いてあって、私は小さく息を吐いた。

「なんかってなに？」

「えー、なんかはなんかじゃん」

舞香が当然のように言う。

「なんかあるわけないじゃん」

「そうだよねえ」

私の言葉を肯定する舞香の声が聞こえて、ちょっと心が重くなる。

でも、本当に少しだけだ。

たいした重さじゃない。

「体育祭なんてぶっつけ本番でやればいいのに」

私と仙台さんの関係に興味を失った舞香が面倒くさそうに言って、しゃがみ込む。私は

「雨じゃなくても中止にすればいいのにね」と返して、仙台さんをもう一度見た。

なにを話しているのか、茨木さんと笑い合っている。

当然だけれど、こっちを見たりはしない。

三年生になってから、仙台さんに向かうよくわからない感情を持て余している。のろのろと走っていたかと思ったら、スピード違反で捕まりそうなくらいすごいスピードで気持ちが走り出す。理性は振り回されて役に立たない。

こういう気持ちは、仙台さんごと手放してしまったほうがいいはずだ。そうしなければ、面倒なことになる。わかっている。わかっているけれど、彼女にずっと命令をしていたいとも思う。

いうことをきかせて、従わせて、服従させる。

——馬鹿みたいだ。

私はのろのろと空を見上げる。

本屋で仙台さんに五千円を渡した日も、こんな中途半端《ちゅうとはんぱ》な天気だった。

あれは期末テストが終わったあとで、七月の初めだったから、ギリギリ一年は経っていない。

去年の今ごろは、なにしてたっけ。

思い出そうとするけれど、仙台さんと会う前の記憶はぼんやりとしている。

「整列しろってさ」

ぼうっとしていると、舞香から背中をつつかれる。

とりあえず、去年の体育祭はつまらなかった。

それだけは記憶に残っていた。

第2話　宮城《みやぎ》が言うからしているだけだ

なにかが変わりかけた。

中間テストが終わって、宮城が私の耳に触れた日、そう感じたのは気のせいだったのだと思う。

あれから何度か呼び出されたが、私たちの間に大きな変化はない。体育祭も終わって、平穏無事な日々を過ごしている。キスをしたからといってそれほど気まずくなることもなかったし、耳を舐《な》められたくらいで呼び出されなくなることもなかった。

つまらない。

面白くない。

退屈になるくらい変わらないから、居心地が悪い。キスでなにかが変わるとは思っていなかったが、心の奥底では変わってほしかったと思っていたのかもしれない。

気が抜ける。

張り合いがない。

宮城が私の耳を舐めた。また舐めてほしいわけではないが、宮城がなにを思ってあんな行動をしたのか気にはなっている。けれど、耳を舐めるに至った経緯を聞いたりはしなかったから、彼女の行動原理は謎のままだ。

あれから宮城は指を舐めろとか、足を舐めろというような命令はしてこない。耳を舐めてきたりもしない。五千円と引き換えに変わり映えのしない命令ばかりしてくる。刺激的なことが起こって欲しいわけではないけれど、宿題も漫画の音読も飽きた。

まあ、でも。

ほんの少しなら、変わったこともある。

テーブルが新しくなり、今までよりもちょっと大きくなって教科書が広げやすくなった。それは隣に座って勉強できるようになったということで、宮城は今、私の隣で宿題をしている。ただ、彼女はそれほど楽しそうには見えない。梅雨に入ってぐずついている天気と同じく、宮城の機嫌もぐずついている。

「ここ間違ってる」

私は、宮城のノートの一ヶ所をペンで指す。

英語は得意ではないらしくほかにも間違っているところがあるが、とりあえず一つだけ指摘する。けれど、彼女は面白くなさそうに私を見た。

「聞いてもないのに間違ってるとか言わなくていい」

「じゃあ、このままでいいの？」

「……良くないけど」

宮城が眉間に皺《しわ》を寄せ、ノートに書かれた文字を消していく。使っている消しゴムは、私が音楽準備室で返したものとは違う新しいものだ。

——わざわざ違う消しゴムを使うなんて意地が悪い。

私は自分のノートに視線を戻す。

「答えは？」

さっきまで真面目に宿題をしていたはずの宮城から、ミスの手っ取り早い解決方法を要求される。

「自分で考えなよ」

「わかんないもん」

「やる気がないだけでしょ。ちゃんとやりなよ」

「じゃあ、命令。答え教えて」

宮城の教科書とノートが私のほうに押しやられてくる。

不機嫌な彼女を見ていると、私が隣に座って勉強することは想定していなかったのかもしれないと思うが、場所を移動するつもりはない。

「教えてっていうか、やれってことでしょ。これ」

「そう。やって」

「はいはい」

確か、前回もこんな感じだった。宿題を途中で投げ出した宮城は、残りを私にやらせて漫画を読んでいた。私はノートを自分のほうへ引き寄せ、宮城から消しゴムを奪う。

問題自体はそう難しいものではない。

真面目にやりさえすれば、宮城だって簡単に終わらせることができるだろう。でも、命令の前にはそんな仮定は無意味で、私は間違っている箇所を消し、宮城が写せるように別の紙に正しい答えを書いていく。

「もうすぐ一年だっけ？」

いくつかのミスを修正し、新たな問題に取りかかりながら宮城に尋ねる。

「なにが？」

「私が宮城の部屋に来るようになって」

「そうだっけ？」

興味がなさそうに宮城が言う。

「七月の初めからだから、そろそろ一年経つ」

クラスメイトとはいえ、ほとんど喋《しゃべ》ったことがなかった宮城の部屋へ通うようになったきっかけは、しっかりと覚えている。

財布を忘れた私の前に宮城が救世主のように現れて、お金を払ってくれたと言えば美談だ。だが、実際は本屋のレジで私に無理矢理五千円札を押しつけ、おつりを返そうとしたらいらないから捨てろと言い放ったのだから、あまり良い話ではない。

あの日、宮城を面倒なヤツだと思った私は、今も宮城を面倒なヤツだと思っている。

「あのとき、なんでお金払ってくれたの？」

「クラスメイトが困ってるから助けようと思って」

「ほんとに？」

「嘘《うそ》。財布に五千円札が入ってたから」

「財布に入ってたのが千円札だったら、払わなかったってこと？」

「かもね」

「どうせそれも嘘でしょ。ほんとはどうしてなの？」

「あのときはそういう気分だったから。それだけ」

誤魔化したのか、本当にそうなのかはわからないが、宮城はそこで話を打ち切って立ち上がる。そして、本棚から漫画を二冊持ってくると、ベッドに寝転がった。

私はさっさと宿題を終わらせ、後ろを向いて宮城の脇腹をつつく。

「もうちょっと向こういって」

「なんで？」

「そこ、私の場所」

「ここは仙台《せんだい》さんの場所じゃなくて、私のベッド。狭いし来ないで」

宮城が素っ気なく言って、ベッドの真ん中に陣取る。

確かにベッドは宮城のもので、私のものではない。でも、この部屋に呼ばれたときにいつもベッドを使っているのは私だし、半分くらい領土を分けてもらう権利はあると思う。

「いいじゃん。少しよけてよ」

「良くない」

「宮城のケチ」

私は脇腹をつつくというよりは、脇腹を押して領土を広げようとする。だが、宮城は私を触らずに言った。

「仙台さん、鬱陶しいからやめて」

宮城は最近、どこか落ち着かないような微妙な顔をするときがある。それはキスをしてからほんの少し変わったことの一つで、彼女は今、そういう顔をした。

私はなにがあっても傷つかない人間ではないし、繊細な部分だってある。宮城のそういう顔は、ときどき私にそれなりの深度で刺さる。

私はベッドに上がり、スペースを広げるために宮城の体を押す。だが、彼女は領土を明け渡すのではなく起き上がった。

「仙台さん。ネクタイ外して」

唐突に言って、宮城が表情のない顔で私のネクタイを見る。

これはいい顔ではない。

宮城はこういうとき、ろくでもないことを考えている。

「なんで?」

「いいから外して」

問いかけても答えが返ってこないのはいつものことで、命令だと言われなくてもこれが命令だということがわかる。私は無駄な抵抗はやめて、大人しくネクタイを外す。

「これでいい?」

「いいよ。あとそれ貸して」

「ネクタイ?」

「そう、ネクタイ」

声色は宿題をしていたときと変わらないが、嫌な予感しかしない。それでも、私は宮城にネクタイを手渡す。

「後ろ向いて」

言われる通りに後ろを向くと、「手、こっちにちょうだい」と手首を掴《つか》まれる。

これだけで、この先どうなるのかわかる。

宮城に聞こえないように息を吐いてから、手を後ろへ回す。すると、すぐに手首に布がまとわりつく感覚があった。しかも、強く。

「ちょっと痛いって」

ぎゅうっと力一杯結んだとしか思えない勢いで手首を縛られて、文句を言う。加減なしに縛ったら跡がつく。制服は半袖になっていて、手首にそんな跡があったら目立って仕方がない。

「宮城」

強く名前を呼ぶと、さらにネクタイが手首に食い込んでくる。

「絶対に跡つけないでよ」

それ以上は許さないという思いごと声に出すと、ネクタイが少し緩む。そして、結び目がつくられる感触が伝わってきた。

「宮城《みやぎ》の変態。こういうの、そこの漫画にあったよね」

本棚には、乙女チックな少女漫画から熱血少年漫画まで並んでいる。エロを前面に押し出した本もあって、その中に主人公が俺様彼氏にネクタイで縛られるというようなシチュエーションの漫画があったはずだ。

「仙台さん、ああいう漫画みたいにされたいんだ？」

「まさか」

「じゃあ、漫画みたいにはしないからそのまま一時間くらい座ってて」

「え、なに？　放置プレイ？」

「……やっぱりなにかして欲しいんじゃん」

スイッチが入ったらしい声が後ろから聞こえてくる。

「仙台さんのヘンタイ」

声とともに首筋に息が吹き掛かり、次の瞬間、ブラウスの上から肩を噛《か》まれる。

「いたっ」

宮城の中には、加減という言葉なんて存在しない。

だから、私が声を上げても歯が肩に食い込んだままだった。

「そんなことしてほしいなんて言ってない」

いつもなら、宮城の額を押して痛みから逃れている。でも、今日は手首を縛られているからそうはいかない。振り向きたくてもバランスを崩しそうですぐには振り向けないし、声くらいしかだせなかった。

「宮城っ」

強く名前を呼ぶと、ようやく痛みから解放される。

「跡つけないでって言ってるじゃん。噛んでもいいけど、加減しなよ」

「そこなら見えないからいいでしょ」

「そういう問題じゃない」

「じゃあ、ベッドから下りて床に座って」

嫌だ。

と言ってもいいけれど、言ったところで無理矢理ベッドから下ろされるであろうことはわかりきっている。それに、こういうときの宮城は平気で人を突き落としそうだ。

そんなことになるくらいなら、自分で下りたほうがいい。

黙って言われた通りに床へ座ると、宮城が靴下を脱ぐ。

「仙台さん。次、私がなに言うかわかってるよね？」

見上げる私にそう言って、宮城が歯形が残っているであろう私の肩を蹴った。

「足を舐《な》めろ、でしょ」

宮城との付き合いもそれなりに長くなってきて、過去と照らし合わせれば彼女が言いたいことくらいすぐに理解できる。

「わかってるなら、やって」

私を見下ろした宮城が楽しそうにも聞こえる声で言う。ぐずついた天気のような機嫌よりも、晴れに近い機嫌でいてくれるほうがいいが、今は歓迎できない。それは、この先ろくなことにならないとわかるからだ。こういう状況で宮城の機嫌が良くて、私に良いことが起こった記憶はない。

私は床に下ろされている宮城の足を見る。

足を舐めることに文句はない。

そんなことはこれまでに何度もしてきた。

ただ、手を縛られたまま舐めるというのは難しい。いつものように、足を丁度良い場所に持ってくることができない。

「足、ちょっと上げてよ」

「やだ」

短くはっきりと答えが返ってくる。

それは協力はしないということで、わりと意地悪だと思う。

このまま命令に従え。

そういうことにほかならず、私は膝に舌先をつける。

膝だって足には違いない。

けれど、宮城はお気に召さないようだった。

「足の先から舐めて」

声が上から降ってくる。

「この状態で？」

「その状態で。仙台さん、私のいうこときくの好きでしょ」

好んで命令に従っているわけではない。でも、そんなことを言っても無意味だ。私が選ぶことができるのは命令に従うか、五千円を返してこの部屋から出て行くかのどちらかしかない。

宮城を見上げる。

彼女は動こうとしない。

命令に従うためには、自分から宮城の足に近づく必要がある。

「仙台さん」

催促するようにちょんと膝を蹴られて、私はゆっくりと宮城から視線を外す。

この部屋の主は私にだけ我が儘で、無遠慮だ。ほかの人には言わないようなことを平気で言う。それをわかっていて宮城に従おうとする私は、過去最高にどうかしている。

結構、屈辱的な格好だな。

他人事のように思いながら、床を舐めるようにして彼女の足の先を舐める。

「そういう仙台さんもいいね」

勉強をしていたときと同じ人間とは思えない楽しそうな声が聞こえて、少し腹が立つ。

楽な姿勢ではないし、苦しい。けれど、五千円を返すという選択肢には行き着かず、私は指先から足の甲へと舌を這《は》わせる。足首まで舐め上げて唇を押しつけると、足を引かれた。追いかけるように舌先を足の甲へとつけるが、今度は宮城も足を押しつけてくる。

面白がっているとしか思えない。

「宮城」

文句を言うかわりに名前を呼ぶ。

それが気に入らなかったのか、宮城が私の顎の下に足を滑り込ませ、甲を使って顔を上げさせてくる。

「なに?」

宮城がにこやかに言って、私を見た。

「足、動かさないでよ」

「命令していいのは私で、仙台《せんだい》さんじゃない」

宮城の言葉は間違ってはいない。

でも、なんでこんな格好をしてまでいうことをきかなきゃいけないんだ。

自分で彼女に従うことを選んでおきながら、不満に思う私がいる。

「続きしてよ」

文句を言う前に、宮城から命令が下される。

足は床に戻され、私はもう一度その甲に唇をつけた。

命令されて、それに従う。

そういうことが当たり前になりすぎていて、腹立たしいと思いながらも体が動く。

指を舐めて、唇で滑らかな肌に触れる。

舌先に微《かす》かに感じる骨を辿《たど》って足首を柔らかく噛むと、宮城の体がわずかに動く。甘噛《あまが》みを繰り返して、脛《すね》に舌を這わせる。

舐めて噛んで、唇をつけて。

触れている場所が彼女の唇だったらと思わなくもない。

キスをしたときのように、唇でゆっくりと膝に触れる。

何度か唇をつけてから強く吸うと、宮城が乱暴に言った。

「もういい」

「なんで？」

「仙台さんがやらしいから」

「なにそれ」

「気持ち悪いってこと」

宮城の単調な声に、私は甘噛みを超えて歯形がつくくらいの力で膝に噛みつく。骨が当たるけれど気にしない。思いっきり歯を立てると、宮城が足を動かした。

「仙台さん、痛い。やめてよ」

強い口調で言われて、彼女を見る。

「やらしくないようにしただけだけど」

「命令してないことしないで」

「舐める以外のこと、するなってこと？」

「そうだけど、もういい」

命令はこれで終わりだとはっきりとは言わないが、そういうことだとわかる素っ気ない声が聞こえてくる。けれど、縛られた私の手は解放されない。

「ネクタイ外してよ」

「ずっとその格好のままでいれば」

「帰れないじゃん」

五千円は、私の一日を拘束するものではない。一日のうちのほんの数時間、宮城の命令をきくだけのものだ。〝ずっと〟という長い時間を拘束できるものではないから、ネクタイを外してくれという要求は通ってしかるべきもので、拒否されるいわれはない。そのはずだ。でも、宮城がネクタイをほどいてくれることはなかった。

「帰らなければいい。このまま私に飼われたら？　ご飯なら食べさせてあげる」

冗談とは思えない口調で、宮城が冗談を言う。

「くだらないこと言ってないで、ほどいてよ」

「じゃあ、もっとちゃんと頼んで」

さして面白くなさそうなのに、つまらない冗談は簡単には撤回されない。

ほら早くというように、宮城《みやぎ》が私の膝を軽く蹴る。

見下ろしてくる目を見ても、感情は読めない。

宮城に頭を下げてお願いをする。

しようと思えば今すぐできるけれど、今の彼女にネクタイをほどいてくださいとお願いするつもりにはなれない。それは、少し、いや、かなり宮城の態度が気に入らないからだ。

「そのままでいたいの？」

頼むまでは外すつもりはないとばかりに、ブラウスの襟を摑《つか》まれる。力一杯というほどでないが、引っ張られてブラウスにつられるように体が宮城に引き寄せられる。

少し乱暴だと思うくらいの行動に彼女を睨《にら》む。

「はなして。いくらなんでも行き過ぎでしょ」

強く文句を言うと興味を失ったように手が離されて、私はバランスを崩す。倒れるほどではなかったけれど、扱いがぞんざいでもう一つ文句を言いたくて口を開く。だが、言葉を発する前に宮城から問いかけられた。

「仙台さんって、私にどうされたいの？」

「どういう意味？」

「されたい命令でもあるのかと思って」

「そんなのあるわけないじゃん」

命令されたくて、ここにいるわけではない。かといって五千円が欲しいわけでもないけれど、宮城にしてほしいことがあるわけでもなかった。

「じゃあ、どこまで許してくれるの?」

言葉にはされなかったが、〝命令の内容〟について問われているのだとわかる。

ここまで好き勝手にやっておいて今さら?

なにがあって私にそんなことを尋ねようと思ったのかはわからないが、一年近く経《た》ってから聞くようなことではないと思う。

「どこまでって。そんなの常識の範囲内で命令しなよ」

「今の命令、常識の範囲内なんだ?」

縛られて、床を舐めるように足を舐めて。

今もなお、縛られ続けている。

それを受け入れているものの、そういう常識は私にない。

「断らなかったってことは、そういうことだよね?」

宮城が言ったからした。

ただそれだけのことで、常識ではない。ほかの誰かに言われても絶対にしないし、そんなことを言う人間は相手にもしないだろう。

でも、宮城にわざわざそんなことを言いたくない。

「意地悪な聞き方だよね。それ」

「仙台さんだって、意地悪な聞き方よくするじゃん」

珍しく拗《す》ねたように宮城が言う。

私に、彼女の言葉を否定するつもりはない。

わざとそうしている。

宮城が狼狽《ろうばい》する姿を見て楽しんでいる。

でも、そういうことを私がするのはいいが、宮城がするのはむかつく。

簡単に言えば、そういうことになる。

困らせるように問いかけるのは私の専売特許で、答えに窮するのは宮城であるべきだ。

だから、宮城に問い返す。

「宮城こそ、私になにがしたいの」

「……そんなの言う必要ない」

答えるつもりはないが、なにかしたいことはあるらしい。

それはわかったけれど、それ以上はわからない。知りたくはあるが、問い詰めるようなことではないし、深入りするような話題でもない。

そっか、と返事のようでなんの意味もない言葉を返して宮城を見る。そして、自力でなんとかできないかと縛られた手首をもぞもぞと動かすが、ネクタイが食い込んで手首が痛いだけだった。絶対に跡つけないでという言葉に手首を縛る力が緩められたけれど、それは心持ち緩くという程度のものだったから、跡がついていても不思議ではないくらいの勢いでネクタイが手首に巻き付いてる。

「立って」

宮城がぶっきらぼうに言う。

「え?」

「ネクタイほどいて欲しいんでしょ」

「縛られたまま立つの、結構大変なんだけど」

腕というのはバランスを取る役割もあるらしく、縛られていると立ったり座ったりという単純な動きも難しく感じる。今も立てないことはないが、よろけて転んでもおかしくなさそうで少し怖い。

「じゃあ、そのまま動かないで」

そう言うと、とん、と宮城がベッドから下りてきて、すぐに私の後ろへ回る。ほどなくして手首を圧迫していた布が取り払われ、私は自由を取り戻す。それでも、思ったように腕が動かなくてぶんぶんと振る。少しだけ血の巡りが良くなったような気がして、立ち上がる。ベッドへ腰掛けると、宮城が隣に座って私の腕を摑んだ。

「見せて」

いいと言う前に、証拠を探す探偵にでもなったかのようにじっと手首を見てくる。

「跡、ついてない」

宮城がぼそりと呟《つぶや》く。そして、ネクタイが巻き付いていた部分に触れた。まるでそこに跡がついているみたいに、指先が柔らかく皮膚の上を撫《な》でていく。彼女の指はゆっくりと手のひらへと向かい、それに反応するように腕の感覚が戻ってくる。徐々に宮城の指先が与えてくる刺激がはっきりとしてきて、私は彼女の手を振り払った。

「やっぱり、跡つけるつもりで縛ったんだ」

「つかなくて良かったって言ってるんだけど」

そうは聞こえない。

触れてきた手も、口調も、跡がついていれば良かったと思わせるものだ。

「それとも、跡つけてほしかった？」

「つけてほしいわけないじゃん。手首に縛られた跡なんて残ってたら、学校でどうすんの」

「だから、つけなかったじゃん」

宮城が投げやりに言って、私の足を蹴る。言い足りない言葉でもあるように何度か足をぶつけてから、彼女は思い出したように置きっぱなしになっていた漫画に手を伸ばす。私は彼女の手が触れる前にその漫画を奪い、話しかけた。

「一つ聞きたいんだけど」

「なに？」

私の手にある漫画を恨みがましい目で見ながら、宮城が答える。

「もし、私が今みたいな命令したら宮城は従うわけ？」

「従うわけないじゃん」

「だよね」

知ってた。

宮城があんなこと、絶対にしないってことを知っていて聞いた。

私がお金を渡して命令したって、彼女は人の足を舐《な》めたりしないだろう。自分がしないことを私にさせることに意味を見出《みいだ》していることは、なんとなくわかる。それは私にとって面白くないことだけれど、いうことをきくという約束なのだから仕方がない。

「私、仙台《せんだい》さんみたいにヘンタイじゃないし」

「いや、宮城のほうがヘンタイでしょ。人にあんな命令して喜んでるんだから」

「別に喜んでない」

でも、面白がってはいた。

文句を言いながらも従う私を見て、楽しそうな声を出していた。

いやらしく舐めたつもりはないが、そういう風に舐められたのだってそれなりに面白い出来事だったに違いない。

「そうだ。夕飯、食べていくよね？」

宮城が私から漫画を取り上げ、話をねじ曲げて話題を変える。

「食べるけど」

どちらが変態か決めるなんて不毛な会話を続けるより夕飯について語るほうが有意義だとは思うが、勝手に話が打ち切られたことになんとなく納得がいかない。だが、宮城は何事もなかったかのように立ち上がって漫画を本棚へ戻すと、すたすたと部屋から出て行く。

一言もなしか。

まあ、いいけど。

私は立ち上がり、宮城の後を追いかける。リビングに入ると、いつもならキッチンでレトルトであったり、お惣菜《そうざい》であったりを引っ張り出している宮城が席に着いていた。

「仙台さん、なにか作ってよ」

耳を疑うような言葉が聞こえてくる。

前に一度、唐揚げを作ったことがある。

あれから何度も夕飯を一緒に食べたが、作ろうかという言葉を拒否されたことはあっても作ってなんて言葉は聞いたことがなかった。

「ご飯は炊いてあるの？」

「ある」

「冷蔵庫になにか入ってる？」

言いたいことはほかにもあるけれど、余計なことを言葉にしたら、宮城は簡単に口にした言葉を引っ込めてしまうに違いない。だから、いらないことは言わずに冷蔵庫へ向かう。

「卵ならある」

冷蔵庫を開けると、宮城が言った通り卵が入っている。

ほかにめぼしいものはなにもない。

目玉焼き、卵焼き、オムレツ。

料理はするが、料理人を目指しているわけでもない私が卵を見て浮かぶレシピはこれくらいだ。

どうしようかな。

冷蔵庫から卵を取り出しながら考える。

私は甘い卵焼きを作ることにして、ボウルに卵を割り入れる。宮城《みやぎ》はしょっぱいほうが好みかもしれないが、聞くつもりはない。見たところ卵焼き器はないから、丸いフライパンを火にかけて黄色い液体を流し入れる。ここまでくれば、それほど時間がかからずに卵焼きができあがる。丸いフライパンで作ったせいで形がいびつになって少し焦げたけれど、美味《おい》しそうだ。

「できた」

宮城の前に卵焼きとご飯を置く。テーブルに並べると夕飯と言うには貧相だが、これ以上並べるものがないのだから仕方がない。

「いただきます」

宮城が律儀《りちぎ》に手を合わせてから、箸を持つ。

部屋であったことがなかったみたいに夕飯を食べるのはいつものことで、それなりに酷《ひど》いことをされた今日もそれは変わらない。私も隣に並んで卵焼きに箸をつける。

どうかしている。

人を縛って、足蹴にした宮城は黙って卵焼きを食べているし、最低と言ってもいい馬鹿みたいな命令に従った私も卵焼きを食べている。

宮城は私になにをしたって許されると思っているのかもしれない。

お金のやり取りがあって、ルールがある。

今日のあの命令はその中でも行き過ぎたものだったはずなのに、それでも一緒に夕飯を食べている私も大概だけれど。

「美味しいかどうかくらい言いなよ」

黙々と食事を続けている宮城に問いかける。

「また作ってくれてもいいよ」

唐揚げのときとは違う。

あのときは美味しいって言ったじゃん。今日は素直じゃない。

いや、また作ってもいいなんて言うくらいだから素直なのかもしれない。

「気が向いたらね」

私はなるべく素っ気なく言ってから、甘い卵焼きを口の中に放り込んだ。

第３話　こんな仙台さんは知らない

人に酷いことをしたいとは思わない。

仙台さんには酷いと言ってもいいことをしている。

思っていることと、していることは交わらず、私は良いとは言えない命令をして、仙台さんはそれを受け入れる。その結果があれだ。

ネクタイで縛られて大人しく座っていてくれたらそれで良かったのに、仙台さんが変なことを言うからあんなことになった。

そもそもどうしてもしたくないことなら、嫌だと言えばいい。

それを私が許せるかどうかはわからないけれど。

彼女の扱いも、自分自身の扱いも難しい。

ふう、と小さく息を吐いて、ベッドの上に座る。

窓の外は、嫌になるほどの雨で濡《ぬ》れている。

急に降ってきたそれは人も車も街路樹もすべてを平等に濡らし、水浸しにしている。

梅雨はまだ明けていないから天気予報が外れてもおかしくはないけれど、外にいる人が可哀想《かわいそう》になるくらい大量の雨粒が空から落ちてきていた。そのせいか、仙台さんがなかなか来ない。

彼女は三年生になってから、呼び出しても予備校がある日は次の日に来る。それ以外で、呼び出した日に来なかったことはなかった。

雨は激しさを増している。

こんなに降るとわかっていたら、仙台さんを呼んだりしなかった。でも、今さら来ないでと言っても仙台さんは来るだろうし、私は彼女の到着を待つことしかできない。

確か、去年の今ごろはもう梅雨が明けていた。

七月に入って、期末テストが終わって、早々に梅雨が明けて、本屋で仙台さんに会った。けれど、今年は去年とは違う。

期末テストが終わった今になっても梅雨はまだ明けていない。そして、去年は良くも悪くもなかった期末テストの結果が、今年はほんの少しだけ良くなった。仙台さんと一緒に宿題をすることがあったせいかもしれないし、そうじゃないかもしれない。仙台さんのせいで中間テストの結果があまりにも悪かったから、テスト前にいつもより勉強したことが良かったのかもしれない。

なんにしてもこれは良くない記憶だ。

ベッドに寝転がって、目を閉じる。

誰かとなにかをしたことが思い出になって、それが積み上がっていく。そして、その中のいくつかに記念日だなんてラベルを貼って整理する。

そういうことをしていると、なにかあったときにラベルが一気に剝がれてすべて良くない記憶にすり替わる。楽しかった日が多ければ多いほど、良くない思い出が増える。

本屋で仙台さんに会った日がいつだったのか、日付まではっきりと覚えていないことはいいことだ。私は私の中のカレンダーにその日がすぐにわかるような印は付けたくないし、仙台さんとの記憶にラベルを貼りたくない。

時間が経《た》てば、望まなくても必ずなにかが変わる。

優しかった母親が子どもを置いて出ていくように、変わらなくていいものまで変わってしまう。

お母さんがどうして私を置いて家を出ていったのか知らないし、なにを考えていたのかも知らない。お父さんに聞いたこともない。

どちらかになにか言われたのかもしれないけれど、子どもの頃のことだからよく覚えていない。私の記憶の中では、お母さんがある日突然家を出ていったことになっている。小さな子どもではなくなった今は、なにか理由があったのかもしれないと想像することもある。けれど、それで母親との思い出が良い思い出に変わることはない。剝がれてしまったラベルは剝がれたままだ。新しく貼られることはない。

仙台さんとの関係も同じだ。

彼女は私と比べるとよく喋《しゃべ》るけれど、肝心なことは言わないからなにを考えているのかわからない。もしも、仙台さんが突然、私の前から消えてもその理由はわからないままだと思う。

窓の外を見る。

飽きもせずに空は激しい雨を降らせ続けている。

私は、中途半端《ちゅうとはんぱ》に伸びている前髪を引っ張る。

雨の日は、髪が少し重く感じる。

仙台さんも同じかな、なんて頭に浮かんで、思考の隙間に入り込んでくる彼女にため息をついた。

枕元に転がったままのスマホを手に取る。

仙台さんからのメッセージはない。

遅い。

雨とはいえ、遅すぎる。

部屋の中まで聞こえてくる雨音に、今日は来なくていいと伝えるべきかもしれないと思う。少し迷って、スマホに仙台《せんだい》さんの名前を表示させる。メッセージを送るべきか、電話をかけるべきか考えていると、インターホンが鳴った。部屋にあるモニターを見ると仙台さんが映っていて、急いでエントランスのロックを開ける。しばらくすると、またインターホンが鳴る。それは玄関前からのもので、部屋を出てドアを開けると、びしょ濡れの仙台さんが立っていた。

なにも変わらない。

彼女はいつだって同じだ。

私がどんなことをしても平気な顔でここに来る。

こんなに酷い雨の日でもそれは変わらない。

「傘、持ってなかったの？」

「持ってるの見たらわかるよね。悪いけど、タオル貸してくれる？」

天気予報は晴れだったから、傘を持っていなくてもおかしくはない。けれど、仙台さんは天気予報を信じたりはしなかったようで、右手には小ぶりの傘があった。

「そのまま入って。服貸すから中で着替えれば」

制服から水を滴《したた》らせている仙台さんに声をかける。

「廊下濡れるよ？」

彼女の言葉は正しい。

傘を差していたらしいのにずぶ濡れの仙台さんが歩けば、廊下は確実に濡れる。いつものように部屋へ入れば、部屋も濡れるはずだ。

「別にいいよ。濡れても拭けばいいだけだから」

「良くないよ。タオル貸して」

「じゃあ、タオルと着替え持ってくるから、ここで着替えたら」

「ここで？」

「ここで。私以外誰もいないし、誰も来ないから。それにタオルで拭いても服が乾くわけじゃないし、仙台さんが制服のまま歩いたら廊下も部屋も濡れるでしょ」

彼女の制服は、タオルで拭いたくらいでどうにかなるような状態じゃない。この家を濡らしたくないというなら、制服を乾かす必要がある。脱がずに制服を乾かす方法があるならそれを採用してもいいけれど、そんな方法はない。

「玄関で服脱ぐ趣味ないから」

仙台さんがきっぱりと言う。

これは私の親切心を否定するもので、あまりいい答えじゃない。

「廊下が濡れることを心配するなら、ここで脱いでよ」

「タオル貸して」

強く、はっきりと仙台さんが言う。

濡れた制服なんて気持ちが悪いだろうけれど、彼女はどうしてもここで制服を脱ぎたくないらしい。その理由は、〝ここが彼女にとって他人の家だから〟もしくは〝私が目の前にいるから〟のどちらかで、おそらく後者が正解に近いはずだ。

気持ちはわからないこともない。

でも、面白くない。

かと言って、濡れたままの彼女を放っておくわけにはいかないとも思う。

「持ってくるから待ってて」

そう言い残して、部屋へ向かう。

タンスからバスタオルを出して、Tシャツに手を伸ばす。少し迷ってからバスタオルだけを持って玄関へと戻ると、仙台さんがいつも編んでいる髪をほどいていた。

濡れた髪が緩やかなカーブを描いて、肩にかかっている。

こういう姿は、体育の授業の後に何度か見たことがある。

でも、クラスが分かれてからは見たことがない。

よく見れば、濡れたブラウスが体に張り付いていて下着も透けていた。

今気がついた仙台さんの姿に心臓の音が速くなりかけて、私は持ってきたバスタオルを押しつけるように渡す。

「はい」

「ありがと」

仙台さんが短くお礼を言ってから、髪を拭き始める。

彼女は着替えについては聞いてこない。

「仙台さん、制服どうするの？」

「拭くからそれでいい」

「良くない」

「宮城《みやぎ》、しつこい」

「着替え貸すから脱ぎなよ」

否定された親切心が「私は部屋に戻っているから」という言葉を付け加えさせない。

「……そんなに脱がせたいの？」

仙台さんも私が邪魔だとは言わない。

私たちは言えばいいことを言わずにいる。

「そうだよ。そのままだと風邪引く」

七月だから風邪を引かない、というほど人間の体は便利にはできていない。七月といえども濡《ぬ》れたら冷えるし、風邪を引く。だから、ここで着替えたほうがいい。

そう思っていた。

でも、私のそういう気持ちは仙台さんによって否定されている。

「動かないで」

髪を拭く仙台さんの手を摑《つか》む。

「命令？」

「そう、命令」

彼女の濡れたブラウスを見る。

一つ目のボタンは、いつも通り外されている。

二つ目のボタンは、まだ外される前だった。

摑んでいた仙台さんの手を離すと、タオルを持っていた彼女の手が下がる。

ネクタイを外して、仙台さんのかわりに二つ目のボタンも外す。

「着替え持ってない」

「さっきから言ってるけど、私の服貸すから」

制服に消しゴムを隠させて、探した日。

彼女がルールに〝服は脱がさない〟という項目を加えろと言ったことは覚えている。けれど、そのルールが正式なものになったのかどうかははっきりとしない。

私の止まらない手は、ゆっくりと三つ目のボタンを外す。

仙台さんは抵抗しない。

四つ目のボタンに手をかけても、なにも言わなかった。

なにをしたっていいわけじゃないことはわかっているけれど、境界線がわからなくなっている。仙台さんがどんな命令にも従うから、どこまでいうことをきいてくれるのか試したくなってしまう。

犬みたいに鎖をつけてこの部屋に縛りつけたって許してくれそうだし、しないと約束したことをすることだって許されるような気がしている。

私たちの間にある決まりは段々と薄れていて、今まで入らなかった領域に足を踏み入れそうになる。仙台さんを縛ったネクタイがわかりやすい跡をつけていてくれたら、薄れた線の代わりになってネクタイを見るたびに行き過ぎた行動を止めることができたかもしれない。

でも、ネクタイは彼女に跡をつけなかったし、彼女は私に逆らわない。

――そうじゃない。

これは、仙台さんのためにしていることだ。

親切心は否定されてはいるけれど、捨ててしまったわけじゃない。

彼女が風邪を引かないようにするためで、試しているわけでも約束を破るような行為でもない。

少しドキドキしているけれど、こんなのは気のせいだ。

クラスが同じだったときは、同じ更衣室で着替えをしていた。

裸に近いものは何度も見ている。

服を脱がせるくらいどうということはない。

私は四つ目のボタンを外して、残りのボタンもすべて外す。

二つ目と三つ目のボタンの間を摑んでブラウスの前を開くと、下着がよく見えた。

それは白いシンプルな下着で、特別なものじゃない。どこにでもあるようなデザインで、目新しさはなかった。更衣室で見たときはもう少し派手な下着をつけていたこともあったはずだけれど、今日つけているのは私だって持っているようなものだ。

それなのに、心臓がうるさい。

風邪を引くから脱がせるだけ。

他意はないはずなのに私は今、仙台さんにこの手を止めて欲しいと思っている。それは、他意があるということの証明でもあるようで息が詰まる。

もうやめたほうがいい。

わかっているのに手が動く。

今の私を正当化できる理由を探しながら、ブラのストラップに触れる。

私を止める言葉は、ボタンを外したブラウスに奪われていく。

指先にある白い肩紐《かたひも》は頼りなくて、少し手を動かせば簡単に外せる。

難しいことは一つもない。

肩にあるそれを少しずらして仙台さんを見ると、露骨に私を拒否するような顔はしていなかった。けれど、歓迎されていないとわかる表情をしていた。そのくせ彼女はやめてとは言わない。私は仙台さんから手を離して尋ねる。

「抵抗しないの？」

「動くなって命令したの、宮城でしょ」

命令じゃなかったら抵抗している。

当たり前だけれど、そう聞こえる声で仙台さんが言う。

「抵抗したかったらすれば」

「約束破ったら抵抗する」

「これはルール違反じゃないんだ？」

「制服が濡れてなかったら、張り倒してた」

「特例ってこと？」

「そう。このままだと風邪引くって話だしね」

服を脱がすことは違反でも、脱がすことに理由があればいい。

そういうことなんだろう。

約束はそれほど厳格じゃない。

思っていたよりも柔軟で、融通が利《き》くらしい。

都合がいいとも言える。

「でも、まだ五千円渡してない」

「渡さないつもり？」

「後から渡す」

仙台《せんだい》さんに五千円を渡さないということはありえない。今日だって、彼女がずぶ濡れじゃなければもう渡していた。そうしなければ、仙台さんはここには来ない。そのかわり、

〝常識の範囲内〟という注釈が付くものの、五千円を渡せば彼女は命令のほとんどに従う。ルールは、今の私たちにとって丁度良い形に変わって続いている。後払いが許されるし、今日は〝特例〟という大義名分も得た。だから、仙台さんをこのまま脱がすことになんの問題もない。でも、手が動かない。濡れたブラウスのボタンを外したのにその先に進むことができない。

こんなのは、服を脱がすことに意味があるみたいで嫌だ。

自分の中にやましい部分があるみたいで嫌だ。

服を脱がされそうになっても動揺すらしない仙台さんが嫌だ。

彼女はいつもこうだ。

私に面倒くさい選択肢を押しつけて、選ばせる。今日も、この先どうするか決めるのは私だ。仙台さんは、自分は関係ないという顔をしている。

今だって、本当は脱がされたくなんてないくせに。

仙台さんに手を伸ばす。

心臓がある辺りに手のひらを置き、そのまま押しつける。

「仙台さん、冷たい」

心臓の音が速いかどうかはわからなかった。

ただ、私の体温が高いと勘違いしてしまうほど仙台さんが冷たい。

「濡れたから」

よく見なくても、濡れた制服が彼女の体温を奪っていることはわかる。

頬に触れると、やっぱり冷たい。

唇に触れても、冷たさは変わらない。

どこもびっくりするほど冷たくて手を離すと、仙台さんが私の頬に触れた。

「宮城はあったかいね」

冷たい手が私の体温を奪う。

そう言えば、あのときも仙台さんは私の頬に触れた。

初めてキスした日。

彼女の手は、今よりもはるかに温かかった。あれは五月のことで、その日のことはよく覚えているけれど、それが何日だったのかははっきりと覚えていない。ラベルを貼って整理するような記憶じゃないから、私の中のカレンダーも印がつけられていない。

でも、もし今ここで、仙台さんにキスをしたらどうなるんだろう。

馬鹿みたいな考えが頭をよぎり、頬に触れている彼女の手を掴んで引き寄せる。

唇が触れるほどではないけれど、整った顔が近くにある。

仙台さんと目が合う。

もう少しだけ顔を近づけてみる。

でも、彼女は目を閉じなかった。

キスをしたという事実が記憶に残ることはかまわないけれど、目を閉じようとしない仙台さんにキスをしようとして拒否されたという記憶はほしくない。

摑んでいた彼女の手を離して、少し下がる。

仙台さんの目が見られなくて、私は彼女のブラウスの前を開く。

ストラップを外すことができなかった白い下着が目に入る。

心臓が反応しかけて、小さく息を吐く。

胸元に唇をつける。

冷たい体を強く吸うと、仙台さんが私の肩を摑んだ。けれど、摑んだだけで私を引き剝がしたりはしない。私は私の中のカレンダーに印をつけるのではなく、仙台さんに赤い印をつける。

ゆっくりと、顔を離す。

彼女を見ると、胸元に赤い跡が薄くついていた。

確かめるようにそこを撫《な》でる。

湿った肌が吸い付くようで、指先で強く押す。赤くなった場所だけが熱いような気がしてもう一度唇をつけると、私の肩を摑《つか》んでいる手に力が入った。

「脱がすんじゃなかったの？」

不機嫌そうな声が聞こえて顔を上げると、仙台さんが面白くなさそうな顔をしていた。

「跡、そんなに長く残らないと思うから」

私は、質問の答えとは違う答えを言いわけのように口にする。

「これくらいならすぐ消えるからいいよ」

赤い印は強くつけていない。

明日になったら消えているかもしれない程度だ。場所だって、人から見えない位置を選んでいる。仙台さんが怒る理由はないし、脱がさなかったことも怒られるようなことじゃない。それでも居心地が悪くて彼女から離れる。

「着替え持ってくる」

逃げるように言って、仙台さんを置いて部屋へ向かう。クローゼットから着替えを引っ張り出してすぐに玄関に戻り、仙台さんに押しつける。

「部屋にいるから、着替え終わったら来て」

そう言い残して、返事を聞かずに部屋へ戻る。

ベッドに腰掛けて手を見ると、仙台さんを濡《ぬ》らした雨が私の手のひらを湿らせていた。手をぎゅっと握りしめる。

今日の私はおかしい。

理由を作ってまで仙台さんを脱がせたいと思った。

もっと言えば、脱いだ姿を見たいと思った。

――こんな気持ち、絶対におかしい。

「宮城《みやぎ》、入るよ」

ノックとともに、いつもなら声をかけたりしない仙台さんの声がドア越しに聞こえてくる。

「いつもみたいに勝手に入ればいいのに」

廊下に聞こえるように文句を言うと、私のTシャツとスウェットを着た仙台さんが部屋に入ってくる。

「そうなんだけど、なんとなく」

まるで自分の服みたいに私の服を着ている仙台さんは、見慣れた制服姿とは違って新鮮だ。ついでに言えば、私が着るとただの部屋着でしかないTシャツとスウェットは、仙台さんが着ていると少し高そうな服に見える。容姿の差だとは思いたくないけれど、そういうことなんだろう。

納得はできないが、否定もできない。

「仙台さん、制服貸して」

なんだかもやもやとした気分のまま、立ち上がって手を出す。

「どうするの？」

「浴室乾燥機あるから、それで乾かしてくる」

「助かる。濡れた制服着て帰るの嫌だし」

そう言うと、仙台さんが制服を渡してくる。私はそれを受け取って、バスルームへと向かった。

今日はすべてがおかしい。

きっと、雨のせいだ。

雨なんて降るから、こんなことになる。

私はハンガーに制服を掛けて、浴槽の上に干す。

浴室乾燥機のスイッチを入れて、深呼吸をする。

「大丈夫。――もう大丈夫」

自分に言い聞かせてから部屋へ戻って、机の上に置いてあった五千円札を手に取る。

「これ」

本棚の前にいる仙台さんに渡す。

「ありがと」

お礼とともに五千円札が財布にしまわれる。そして、部屋には沈黙が訪れる。

なにをするわけでもなくテーブルの前に座ると、漫画を持ってきた仙台さんが私の隣に座った。けれど、漫画は読まずに宿題を始める。私はベッドを背もたれにして、彼女が持ってきた漫画を開いた。

本を読んだり、宿題をしたり。

そういうときの沈黙が気になったのは最初の頃だけで、今は喋《しゃべ》らないことが苦にならなくなっている。

でも、今日は違う。

沈黙が体に纏《まと》わりついて、首をじわじわと絞めてくる。これまでと同じことをしているのに、息苦しくて部屋から出て行きたくて仕方がなくなっていた。

「あのさ、五千円っていつも五千円札でくれるけど、毎回両替してるの？」

仙台さんも同じように感じていたのか、明るい声で喋りだす。

「そうだけど、なんで？」

漫画から顔を上げて仙台《せんだい》さんを見る。

正確には毎回じゃない。ある程度まとめて両替をしている。

一万円札を出して仙台さんからおつりをもらうことも、千円札を五枚渡すことも、いかにもお金のやり取りをしているという雰囲気になってしまいそうだから、五千円札を用意することに決めている。

「いや、可愛《かわい》いなって」

「え？」

「だって、私に渡すためにわざわざ両替しに行ってるんでしょ？　そういうのって可愛いじゃん」

見慣れた服を着た見慣れない仙台さんが笑いながら言う。

「うるさい。そういうこと言わなくていいから」

「うるさいくらいが丁度いいんだって」

今日はそういう日だと言うように、仙台さんが私を見る。

「そう言えば宮城ってさ、夏休みに塾とか予備校とか行かないの？」

「行かない」

「勉強は？」

「宿題はする」

「それは最低限必要な勉強。それ以外は？」

「したくない」

しなければいけないことはわかっているけれど、したくない。塾も予備校も行きたくない。

「勉強しなよ。受験生でしょ」

仙台さんが真面目な声で言って、私の足をペン先でつついてくる。

夏休みまでそれほど時間がない。

長い休みがもうすぐ来ると思うと、憂鬱になった。

◇◇◇

学校は教室も廊下も浮ついた雰囲気で、誰もが夏休みを待っている。

私はその空気に馴染《なじ》めないけれど、仕方がないと思う。

長い休みを歓迎しない生徒なんて少ないだろうし、こっちに合わせろなんて無理な話だ。

少数派は少数派らしく、大人しくしているしかない。

私にとって、夏休みは長すぎる。

家にいても一人だし、友だちと遊びに行くとしても毎日は誘えない。受験生になってしまった今年は、特にそうだ。いくつか約束があるけれど、去年と比べると少ない。みんな塾があったり、予備校があったりと去年とは違う予定がある。この先、約束がもう少し増えたとしても去年を超えることはないはずだ。

つまらない。

一人でいることに慣れてはいるけれど、一人でいることが好きなわけじゃないから長い休みは嫌いだ。

「志緒理《しおり》、皺《しわ》になるよ」

お弁当を食べ終えた舞香《まいか》が斜め前から手を伸ばして、私の眉間を人差し指でぐりぐりと押してくる。向かい側にいる亜美《あみ》は笑って私と舞香を見ているだけで、助けてはくれない。

「眉間、気持ち悪い」

指が近づいてくるだけでぞわぞわとする眉間を触られ続けたくはなくて、舞香の手を掴んで机の上に戻す。昼休みでざわつく教室は、落ち着きがない。舞香もクラスのみんなと同じで、楽しそうに笑いながらもう一度手を伸ばして私の眉間をつついた。

「舞香、気持ち悪いってば」

私は舞香の脇腹をつついて、彼女の指先から逃げる。

「志緒理、それ反則」

「眉間攻撃も反則だから」

舞香に向かってそう言うと、私たちを見ていた亜美が笑いながら言った。

「ほんと気持ち悪いよね。どうして眉間って、つつかれると気持ち悪いんだろ」

「わかんないけど、気持ち悪いからもう眉間触るのなしね」

違和感の残る眉間を撫でてから、購買部で買ってきたパンを齧《かじ》る。

「ごめん、ごめん。最近、志緒理元気ないじゃん。だから、元気づけてあげようと思ってさ」

舞香が取って付けたように言う。

浮かれた気分じゃないだけで、元気がないわけじゃない。でも、二人には元気がないように見えるらしく亜美に「なにかあった？」と問いかけられる。

なにかはあったけれど、なにがあったかは言えない。

放課後、仙台さんとの間にあったことは誰にも話さないという約束だ。それに約束がなかったとしても、雨の日にあったことは人に話せるようなことじゃない。

「寝るのが遅かったから眠いだけ。なにか奢《おご》ってくれたら、すぐに元気になるのになー」

寝るのが遅かったというのは本当で、眠いというのは嘘《うそ》だ。言えない部分を上手《うま》く伏せて説明するなんて面倒で、半分くらい嘘を混ぜてそれらしい答えを口にして、残り少なくなっていたパンをすべて胃に収めた。

「奢ってか。なにがいい？」

リクエストに応えるつもりがあるのか、舞香が私を見る。けれど、私が答えるよりも先に亜美が口を開いた。

「アイス食べたい。奢って」

「なんで亜美に奢らなきゃいけないの」

舞香が呆《あき》れたように言うけれど、亜美は気にすることもなく放課後の予定を決める。

「奢らなくていいからさ、三人でアイス食べに行こうよ。暑いし」

確かに今日は暑い。

今年に入って一番暑いかもしれない。

廊下ですれ違った仙台さんも、ぱたぱたと手で顔を扇《あお》いでいた。

彼女は暑がりのくせに、学校では真夏でもブラウスのボタンを一つしか外さない。今日もボタンを一つしか外していなくて、二つ目はきっちり留めていた。だから、雨の日につけたキスマークを見ることはできなかった。

もちろん、二つ外したところで見えたりはしないし、あれから日が経《た》っているからもう消えているはずだ。でも、確かめたいと強く思った。

こんな風に思うのはおかしい。

それはわかっている。

わかっているけれどこんな風に思うのは、昨日、確かめることができなかったせいだ。放課後、いつものように仙台さんを呼び出した私は、彼女にブラウスのボタンを外させて自分がつけた跡を見ようと思った。

でも、命令できなかった。

「キスマークってさ」

無意識のうちに口が動いて、しまったと思う。でも、言ってしまった言葉をなかったことにする前に舞香が食いついてくる。

「キスマーク？」

「そう。どれくらい残ってると思う？」

諦めて、私は気になっていたことを二人に尋ねる。

「え？　なに？　志緒理、そういうことしたの？」

舞香が目を輝かせて、私を見る。

「相手もいないのにするわけないじゃん。この前、茨木《いばらき》さんの首にキスマークがあるの見たから気になって」

そんな茨木さんは見ていない。それでも咄嗟《とっさ》にこんな話をしたのには理由がある。

『キスマークを消すときは、切ったレモンをのせたらいい』

仙台さんの腕にキスマークをつけた日に彼女から、茨木さんがそう言っていたと聞いたことを思い出したからだ。だから、目立つ場所にキスマークをつけている茨木さんを見かけたっておかしくはないと思って口にした。茨木さんには悪いけれど、彼女のイメージにもあっていると思う。

「ああ、なるほどね」

思った通りの言葉が舞香から返ってきて、日頃の行いの大切さがわかる。そして、こうやって事実が捏造《ねつぞう》され、噂《うわさ》になって広まっていくのだとわかる。

「結構な間、残ってるんじゃないの？　ねえ、亜美」

からかうように舞香が言う。

「なんで私に振るの、わかんないから」

「えー、杉川《すぎかわ》君とはしてないの？」

楽しそうな舞香の声が聞こえてくる。

杉川君というのは、最近できた亜美の彼氏だ。違う学校に通っているけれど、二人で一緒に勉強をしているという話をよく聞く。

「杉川君とは清く正しいお付き合いだから」

キスマークをつけないことが〝清く正しい〟ことなら、私と仙台さんは清く正しくないということになる。でも、私たちは付き合っているわけじゃないから、清さも正しさも関係がないと言われればそれまでだし、私は清さも正しさも求めていない。

ただ、清くも正しくもない私たちがこれからどうなるのかはよくわからない。

私は私を持て余している。

最近は、仙台さんをいつ呼んだらいいのかよくわからなくなっている。

嫌なことがあった日に仙台さんを呼ぶ。

そういう私の中のルールは崩れていた。

だから、次に仙台さんを呼ぶタイミングが掴《つか》めない。

昨日呼んだばかりだから、今日呼ぶのは違うし、明日は早すぎるような気がする。仙台さんが予備校になんて通っているから余計にわからなくなる。

窓の外を見ると、絵の具で塗ったみたいに真っ青な空が目に入る。

仙台《せんだい》さんがずぶ濡《ぬ》れで私の家にやってきてからすぐに梅雨が明けて、嫌になるくらい晴れている。仙台さんの制服が濡れることはないだろうし、その制服を脱がすこともないはずだ。

今日は蒸し暑くて、くらくらする。

もう少し涼しければいいのに。

太陽に恨みはないけれど、私は雨粒の一つも落としそうにない空を睨《にら》んだ。

◇◇◇

テンションが上がらない。

でも、隣は違うらしい。

なにが面白いんだか。

ノートにペンを走らせている仙台さんを見る。

隣に座っている彼女は私の宿題をしているが、どことなく楽しそうだ。

仙台さんをいつ呼べばいいのかとずっと考えていた私が馬鹿みたいだ。私だけが鬱屈した気持ちでいるようでげんなりする。胃の中に石を詰め込まれたみたいに体が重くて、やる気が出ない。けれど、世界が灰色に染まっていても必ず明日という日がやってくるし、気がつけば夏休みまで一週間を切っていた。

おそらく、休み前に仙台さんと会うのは今日が最後だ。

「仙台さん、本棚から小説とってきてよ」

彼女の手からペンを奪うと、少し不機嫌な声が聞こえてくる。

「自分で取って来なよ」

「命令だから。どれでもいいから一冊取ってきて」

「はいはい」

仕方がないというように仙台さんが立ち上がって、本棚の前へ行く。

どれでもいいと言ったのにすぐには帰ってこない。うーんと唸《うな》りながら真面目に小説を選んで、のんびりと戻ってくる。

「どうぞ」

わざとらしくかしこまった声で仙台さんが言い、本を手渡してくる。でも、私はそれを受け取らずにさっき彼女から奪ったペンをテーブルの上に転がした。

「それ読んで」

「そう言うと思って、ページ数少ないヤツ持ってきた」

仙台さんが隣に座って小説を開く。

薄っぺらい短編集の真ん中辺り、途中から読み始める。最初から読まないなんて今までになかったことだけれど、〝読んで〟という命令には従っている。

こういうのは性格が悪いと思う。

最初から読んでほしいことがわかっていてやっているから、腹立たしい。

まあ、声はいいけれど。

聞いていると落ち着くし、心地が良くて眠たくなってくる。

「宮城《みやぎ》。エアコンの温度下げてよ」

唐突に小説を読む声が涼しさを求める声に変わる。

「やだ。早く読んで」

「読むのはいいけど、暑い」

仙台さんがテーブルに置いていた私の下敷きを手に取って、扇ぎ始める。

この部屋は、私にとって丁度良い温度になっている。

冬もそうだったし、夏も変わらない。私の部屋だから私に合わせている。でも、しばらく会わなくなるから、たまには暑がりの仙台さんに合わせてもいいかなと思う。

「じゃあ、自分で下げれば」

テーブルの上にあるリモコンを指さす。

「宮城のけち」

部屋の温度というそれなりに大切なものを譲ったというのに、仙台さんが酷《ひど》いことを言う。けれど、すぐに設定温度が変えられて、涼しすぎるくらいになる。

彼女は冷たい風を吐き出すエアコンに満足したのか、麦茶を飲んで小説のページをめくる。

小説が朗々と読み上げられ、瞼《まぶた》が少し重くなる。

私はテーブルに突っ伏す。

ひんやりとしていて気持ちがいい。

――と言うより寒い。

起き上がって仙台さんの腕を掴むと、彼女の体もひんやりしていた。

「ちょっと宮城、読みにくい」

ぺたぺたと腕を触っていると、文句が聞こえてくる。それでも腕を触り続け、二の腕の感触を確かめるように撫《な》でると、仙台さんが低い声で言った。

「触らないで。読まなくていいの？」

「もう読まなくていいから、エアコンの温度上げて。寒い」

彼女から手を離して、自分の腕をさする。

「上げたら暑い。寒いならなにか着なよ」

　不満そうな声が聞こえてくる。

「仙台さんこそ暑いなら脱げばいい」

「これ以上脱ぐものないし」

「ブラウス脱げるじゃん」

「宮城のすけべ」

　本気で脱げと言ったわけではないから、その言葉は心外だ。私は問答無用でエアコンの温度を上げる。しばらくすると涼しすぎた部屋は適温になり、仙台さんが眉間に深い皺《しわ》を刻んで息を吐き出す。

「暑い」

　わかっていたことだけれど、学校でもこの家でも私と仙台さんは相容《あいい》れない。彼女の適温に馴染《なじ》む努力をしてみたものの、寒すぎる部屋には耐えられなかったから、この家では仙台さんが妥協するべきだと思う。

「仙台さん、こっち向いて」

「なに？」

「いいから向いて」

そう言って仙台さんのネクタイを引っ張ると、彼女の体がこちら側に向く。私はそのま仙台さんのネクタイをほどいて、ブラウスのボタンを一つ外す。

「こうすれば少しは涼しいでしょ」

三つ目のボタンは外すことが許されるときと、許されないときがある。今日は外してもいい日らしく、彼女はなにも言わない。

私は仙台さんの胸元、雨の日にキスマークをつけた辺りを触る。

「……ここ、跡すぐに消えた？」

ずっと知りたくて聞けなかったことを聞く。

「消えたよ」

ぼそりと返ってきた声に、胸元を触る指先に力を込める。

でも、見せてとは言えない。

「腕貸して」

返事を待たずに手首を摑むと、彼女は命令に従いたくないのか私の手を振り払った。

「そういうことするなら、別の場所にしてよ」

「腕貸してって言っただけで、ほかになにも言ってないんだけど」

「どうせキスマークつけるんでしょ。腕に跡なんてついてたら目立つからやめて」

「別の場所ってどこ？」

「そんなの自分で考えなよ」

仙台さんが素っ気なく言って、私を睨む。

言いたいことは山ほどあるけれど、命令なら従う。

そういうことなのだろうと思う。

「外から見えなければいいんだよね？」

聞くまでもなくわかっていることを一応尋ねる。

「そういうこと」

当然だという声に、私は仙台さんを見た。

外から見えない場所なんて限られていて、今、制服で隠れているところくらいしかない。

ボタンが三つ外れているブラウスを摑んで、開く。胸元が露《あら》わになって下着が見えて、

一度目を閉じる。ゆっくりと目を開いて前に跡をつけた場所よりも少し上に顔を寄せると、

仙台さんの「宮城、暑い」と言う声が聞こえた。

それでも唇をつけると、触れた部分が熱かった。

雨に濡れて冷たかったときとは違う。

この間よりも強く吸って、跡を残す。

顔を離すと、夏休みの間ずっと消えないほどではないにしても赤い印が濃くついていた。その小さな跡に触れて、柔らかく撫でる。指先を滑らせてその少し上に触れてからもう一度顔を寄せると、額を押された。

「宮城って、エロいこと好きだよね」

事務的にボタンを留めながら仙台さんが言う。

「エロいことなんてしてないじゃん」

「こういうのってエロいことの一種でしょ」

「エロいって思うほうがエロい」

下心があって唇をつけたり、その行為に深い意味があれば、仙台さんの言うようにエロいことの一種なのかもしれない。でも、今日は下心もないし、深い意味だってないから仙台さんの言葉は間違っている。

自分に言い訳をして、〝今日は〟という言葉に後悔をする。

不用意な言葉は雨の日に繋《つな》がる。

あの日のことを思い出すことは、自分の気持ちを探る行為に似ている。

長すぎて憂鬱だけれど、夏休みはこういう気持ちをリセットするには丁度良い機会になるかもしれない。扱いきれない気持ちは、休みの間に処分する。全部なくしてしまえば、きっと元通りになるはずだ。

私は立ち上がり、ベッドにうつ伏せになる。

小説の続きを読んで。

そう言うべきか迷っていると、仙台《せんだい》さんの声が聞こえてきた。

「宮城、大学どこ行くか決めた？」

「行けるとこ」

仙台さんを見ずに答える。

「適当すぎ。夏休み終わったら二学期だし、そろそろ決めないとヤバいじゃん」

「興味ないもん」

「夏休みどうするの？　塾かなんか行きなよ」

仙台さんが父親でも言わないことをぐちぐちと言い始めて、耳を塞ぎたくなる。

お父さんはあまり私に興味がないのか、進路について詳しく聞いてくることもないし、勉強しろとも言わない。大学に行くこともなければ働きもしないなんてことになるかもしれないのに、高校生になってからも口うるさくああしろこうしろと言うことはなかった。

黙って多すぎるお小遣いだけをくれる。

「それ、この前答えた」

家族よりもうるさい仙台さんに、もう一度夏休みの予定を告げるのも面倒だ。答えはこの間教えているのだから、言う必要はない。

「塾とか行かないんだっけ。じゃあさ、家庭教師でも雇えば？」

「そんなの雇うわけないじゃん。ていうか、仙台さんうるさい。私の夏休みのことなんてほっといてよ」

起き上がって仙台さんに枕を投げると、彼女はそれを受け取って軽やかに言った。

「いや、いい人いるからさ、紹介しようかと思って」

「しつこい。紹介なんてしなくていいから」

「週三回で五千円。安いでしょ？」

「一回五千円？」

家庭教師の相場なんてわからないから、それが高いのか安いのかよくわからない。

「違う。三回五千円でいい」

「――でいい？」

にこやかに妙なことを言う仙台さんをじっと見る。

「宮城《みやぎ》、私を雇いなよ。勉強教えてあげるから」

仙台さんが変だ。

私の知っている仙台さんじゃない。

休み中に私の家にくる。

彼女は今まで、そんなことを言ったことがない。

「……休みは会わないってルールじゃなかった？」

放課後を買うと言った私に、休みの日は無理だけれどそれ以外なら一回五千円で命令をきくと言ったのは仙台さんのはずだ。そして、その約束はずっと続いていて、去年の夏休みも仙台さんとは一度も会わなかった。もちろん、冬休みも春休みも、土曜だって日曜だって仙台さんと会うことはなかった。

「教科書折った埋め合わせ」

さらりと仙台さんが言う。

記憶を辿《たど》るまでもなく、私の現代文の教科書には仙台さんがつけた折り目がある。

けれど、今さらすぎる。

あれは結構前の話で今になって引っ張り出してくるようなものじゃないし、仙台さんの手首と肘の間に思いっきり噛《か》みついたことで埋め合わせは済んでいるはずだ。

「家庭教師が？　っていうか、もう終わった話じゃん」

「宮城が勝手に私を噛んで、勝手に埋め合わせってことにしただけでしょ」

「そんなに五千円が欲しいの？」

柔軟にルールを変えてまでこの家に来る理由を考えると、それくらいしかない。そうじゃないとおかしい。仙台さんはたくさんお小遣いをもらっていそうだし、五千円なんて必要なさそうだけれど、ほかに理由なんてないはずだ。

「そうかもね」

静かな声が聞こえてくる。

「……仙台さん予備校あるじゃん。夏休みだって行くんでしょ？」

「休み中は時間調節できるし、終わってからここに来る。勉強教えるだけで命令はなし。あとはいつも通りで。夏休みまでに返事ちょうだい。勉強するなら、スケジュールは宮城が決めていいから」

「返事しなかったらどうなるの？」

「家庭教師はしないし、去年の夏休みと同じでここには来ない」

仙台さんはそう言うと、読み上げるわけでもなく小説のページをめくった。

第4話　宮城に会う生活に慣れすぎている

休み中も宮城に会いたい。

そう思っているのか自分でもよくわからないが、まるで会いたいと思っているように家庭教師の話をした。後悔はしていないけれど、何故《なぜ》あんなことを言ってしまったのだろうとは思っている。

私の耳を舐《な》めた宮城に。

私をネクタイで縛った宮城に。

私の服を脱がそうとした宮城に。

考えるまでもなくそれなりに酷《ひど》いことをしてきている宮城に。

私を雇いなよ、なんて言ってしまった。

私はどうかしているし、そもそも同級生に家庭教師だなんておこがましい。

ちょっと嫌なヤツだし、お金目当てみたいじゃん。

私は溺れそうなくらいお湯につかる。

「宮城のばーかっ」

八つ当たり気味の声が浴室に響く。

明日から夏休みだというのに、宮城から連絡が来ない。わかっていたことだが、家庭教師は必要ないということなんだろう。休みは会わないというルールだし、宮城が断ってくることは想定の範囲内だ。でも、突然、家庭教師をするなんて言いだした私を宮城がどう思ったのかは気になっている。

宮城だって酷いのだから私が嫌なヤツでもかまわないはずだが、そうはいかない。

悪い人よりは良い人がいいし、嫌われるよりは好かれたい。

単純でわかりやすい行動原理により、仙台葉月《せんだいはづき》という人間ができあがっている。それは、宮城に対しても変わらない。もともと宮城にとって良い人とは言い難《がた》い私だけれど、今回の件で嫌なヤツだとは思われたくない。

お金だけの関係。

宮城とはそれ以上でもそれ以下でもない関係だとわかっているし、受け入れているつもりだが、同級生からお金をもらっていることが酷く気になるときもある。それは、五千円が介在することを歓迎しているわけではないからだ。

宮城と親しくなればなるほど、五千円の重みが増していく。

それでも、週に一度か二度、宮城に会う生活に慣れすぎてしまって会わないと落ち着かない。連絡がなければ、どうしたんだろうと考えるくらいにはなっている。

本当は、夏休みに宮城と会うべきではない。

最近、感情に流されすぎている。

時間を置くということは大切なことで、時間さえあればどこかに押しやっていた理性を引っ張り出すことができるし、冷静さを取り戻すことができる。

まあ、向こうも会わないほうがいいと思ってるみたいだし、連絡もないからどうでもいいか。

私は、視線を下へと向ける。

胸元に小さな跡が見える。

制服をすべて脱がす度胸はないくせに、キスマークをつける度胸はある。

変なヤツ。

宮城はおかしなことばかりする。

こんな跡はつけさせないほうが良かったと思う。こうやって目につく場所に宮城の痕跡があると、嫌でも彼女のことを思い出すし、過去を振り返る。おかげで連絡が来ないことをぐちぐちと考え続けて、お風呂《ふろ》から出ることもできない。

早く消えてしまえばいいのに。

もう夏休みが始まる。

予備校に行って、羽美奈《うみな》たちとも会って。

しなければならないことが去年よりも多くて、宮城のことばかり考えていられない。

「だめだ。暑い」

私はお湯から出て、脱衣所で体を拭いて、部屋着を着る。

髪を乾かしてから、真っ暗なキッチンへ向かう。冷蔵庫の中からスポーツドリンクのペットボトルを取って、部屋へと戻る。

机の上に置いてあるスマホを見ると、メッセージの着信を知らせるランプが光っていた。

面倒だなと思う。

時計は、午前零時を過ぎている。これくらいの時間にメッセージを送ってくる相手は決まっていて、それは羽美奈か麻理子《まりこ》だ。

カラオケがどうとか、合コンがどうとか。

今日、学校で明日からの予定を延々と話されたから、きっとそのことについての連絡に違いない。夏休み、羽美奈は親に無理矢理塾に行かされることになったと言っていたが、アルバイトをするとも言っていた。麻理子も塾に行くらしい。でも、カラオケも合コンも外せないと言っていた。

いつものメンバーで遊ぶことは楽しみだけれど、合コンは気が乗らない。二人が連れてくる男の子は、いつも顔だけが良くて中身がなかった。

スマホを手に取って、ベッドに腰掛ける。

画面を見ると、予想通り羽美奈や麻理子の名前が目に入る。メッセージの内容も考えていた通りのものだ。

今年は、予備校を理由にいくつかの予定を断ってしまってもいいかもしれない。

そんなことを考えながら画面をよく見ると、宮城の名前があることに気がつく。

『月、水、金の週三回。何時くらいになるか教えて。あと来る前にも連絡して』

言葉は省かれているが、家庭教師の話だとわかる。メッセージが届いた時間を見れば午前零時少し前で、返事は夏休みまでに来ていたことになる。

律儀《りちぎ》に約束が守られていて、私は羽美奈に返事を送るよりも早く、麻理子に返事を送るよりも早く、宮城にわかったとメッセージを送る。

宮城と週に三回会う。

長い休みに加わった予定は、たいした予定ではない。けれど、今までよりも会う回数が増えるから、不思議な感じがする。予備校の合間に羽美奈や麻理子に会っているだけの休みよりも、退屈せずにすみそうだと思っている私がいる。

予備校は、それほど面白いものではない。

講師の先生は、真面目に授業をしてくれる。わかりやすいし、成績も上がった。解くことができなかった問題が解けるようになったり、テストの点数が上がることも楽しい。成果が目に見える瞬間が好きだ。

でも、いくら予備校に通っても、親に求められている大学に受かるほど成績が上がることがないともう気づいている。にもかかわらず、行かないことを選択できずに、親が選んだ予備校に通い続けているからつまらないのだ。

人が言う良い大学に行けるだけの成績はあるけれど、それに大きな意味はない。

私は、羽美奈と麻理子にメッセージの返事を送る。

学校の延長線上、物わかりの良い仙台葉月が〝わかった〟という言葉にいくつもの装飾をして、送信ボタンを押す。了承したのは合コン以外の予定で、合コンは保留にしている。

宮城と会うようになってから、自分が考えていたよりも他人に気を遣っていたことがわかって嫌になる。

たぶん、宮城と会っているときが一番楽だ。誰といるよりもマシな時間で、どこにいるよりも居心地がいい。

「家庭教師いつからだろ」

スマホのカレンダーを見る。

彼女が指定してきたスケジュールでいくと、水曜日からだ。午前零時を過ぎた今、それは今日からということになる。

午前中に予備校へ行って、午後から宮城《みやぎ》の家へ行く。

ただ勉強をするだけだけれど、早く朝になればいいのにと思った。

◇◇◇

予備校から帰って、お昼を食べて、宮城にメッセージを送る。いつもは学校から行く宮城の家へ自宅から向かう。

午後の街は私には暑すぎて、日陰を選んで歩く。梅雨に雨を落としていた空と同じ空とは思えないほど、頭上では太陽が輝いている。

歩いて十五分か、二十分くらい。

暑くてたったそれだけの距離がやけに遠く感じる。

一年前の私なら引き返したくなっていたところだけれど、今日は空に文句を言うくらいで宮城が住むマンションの前に着く。オートロックを開けてもらって、エレベーターに乗り、六階で降りる。玄関の前でインターホンを押すと、すぐにドアが開いた。

「初めて見た」

休み中、初めて入った宮城の家で彼女を初めて見た感想が思わず口に出る。

「なにが？」

「私服」

デニムにTシャツ。

宮城はお洒落《しゃれ》をしているわけではないし、ありふれた服装をしている。家で過ごすことに適したラフな服装でいることに不思議はないが、制服ではない。当たり前だけれど、当たり前ではなくて、小さく息を吸って吐く。見慣れない私服の宮城は、私が知っている彼女とは違って見える。

「仙台《せんだい》さんだって、私服でしょ」

「そうだけど」

今日の予定は予備校へ行くことと、宮城に勉強を教えることだけで、特別気を遣うようなものではない。気合いを入れる理由もなかったから、ショートパンツにブラウスというごく普通の格好だ。

「脚、長いね」

宮城が私をじっと見る。

「褒めてもなにもでてこないから」

「褒めたんじゃなくて、見たままを言っただけ」

素っ気なく言って、宮城が部屋に向かう。私はいつものようにいつもとは違う彼女の後をついていき、部屋に入る。そして、宮城から五千円札を渡される。

「これ、水曜日と金曜日の分」

「三回終わってからでいい」

「三回だとわかりにくいし、週のはじめに五千円でいいじゃん。だから、今のは今週分」

週三回の家庭教師。

対価をもらうなら、後払いがいい。

家庭教師を三回してからもらったほうが気が楽だ。

でも、宮城は先払いがしたいらしい。しかも、三回で区切るのではなく、週で区切ってくるから意見が合わない。

「月曜がなかったし、五千円を今週分にすると多いんだけど」

「面倒だから、五千円でいいでしょ」

渡してしまったものに興味を持てないのか、宮城はぞんざいに言ってテーブルの前に座ると、教科書を開いた。

「わかった。ありがと」

強情な彼女に食い下がっても、無駄に気力を消費するだけでなにもいいことはないと学んでいる。私は素直に五千円札を財布にしまって、宮城の隣に座る。

「で、先生。今日はこれからどうするんですか?」

改まった口調の彼女を見ると、明らかにやる気のなさそうな顔をしていた。

テーブルの上には、彼女が開いた教科書、そして夏休みの宿題として出されているプリントや問題集が置いてある。それはどれも宮城の苦手な教科のものだ。

私に宿題をやらせるつもりだな。

クラスが違っても夏休みの宿題は変わらないし、積んであるプリントや問題集を片付けるだけなら私がやったほうが早い。だが、それでは意味がない。本気で家庭教師なんてものをしたいわけではないが、お金をもらっているのだし、宮城がわからないところを私が教えて本人にやらせるべきだろう。

「勉強するに決まってるでしょ。あと先生って言うのやめて」

「いいじゃん。仙台先生で」

「先生なんて思ってないくせに。本当は勉強なんてしたくないんでしょ」

「進んで勉強したい人なんていないから」

じゃあ、なんで家庭教師の話を受け入れたんだ。

と言いかけて、言葉を飲み込む。

気になってはいるけれど、これは口にしてはいけない言葉だと思う。言ってしまえば、宮城の気が変わってしまいそうだし、どうして家庭教師をするなんて言いだしたんだと聞かれたら私も困る。

「とりあえず宿題からやるよ」

プリントを一枚手に取って、宮城の前に置く。

「仙台さんがやってくれるんでしょ」

「違う。宮城がやるの。わからないところは教えるから」

「はいはい」

いつも私が言う台詞《せりふ》を宮城が面倒くさそうに口にして、プリントに視線を落とした。私も自分の分の宿題を広げて、プリントに答えを書いていく。

静かな部屋、隣を見る。

文句を言っていた宮城は、真面目に問題を解いていた。プリントを見ると間違っているところがいくつかあるが、あとからまとめて教えることにして自分の宿題を進める。

学校がない日にこの部屋に来たのは初めてだけれど、これまでとあまり変わらない。宮城は学校がある日と同じように私に五千円を渡してきたし、隣にいる。

でも、ずっと同じままではないと思う。

長い休みに会うことで、今までよりも宮城という人間が私に深く関わってくることになる。

春が来て、卒業して、それきり会わなくなるであろう宮城とこれ以上親しくなっても仕方がないはずなのに、わざわざ夏休みに彼女の家に来ている。宮城を気に入っているだとか、この部屋の居心地がいいだとか、理由をつけてはいるけれど、自分がどこに向かおうとしているのかわからないから不安になる。

それでも私はこの部屋に来ることを選んだ。

来なくてもいい夏休みにまでここに来ている。

こういう自分はあまり好きではない。

解けない問題を解き続けているようで、頭が痛くなる。

「宮城。明日、なにするの？」

私は、夏休みに相応《ふさわ》しくない暗澹《あんたん》たる気持ちから逃れるように問いかける。

「なにって？」

「明日の予定」

「それ、仙台さんに話さないといけない？」

宮城がプリントから顔を上げて、私を見る。

「いけなくないけど、雑談くらいしてもいいじゃん」

「……舞香《まいか》たちと会う」

宇都宮《うつのみや》とほかの誰か。〝たち〟に含まれているのは、三年になってから宮城とよく一緒にいる白川《しらかわ》という子に違いない。

「どこ行くの？」

「どこでもいいでしょ。仙台さん、口うるさい親みたい」

「親ほどうるさくないと思うけど」

本気で宮城の予定を明らかにしたいわけではない。

休み前につまらなそうにしていた宮城にも予定があって、それがなんなのか気になった。ただそれだけのことで、ちょっとした世間話だ。そんなものを口うるさいと言われると、面白くない。むしろ、そんなちょっとしたことすら答えずに文句を言ってくる宮城のほうが口うるさいような気がする。だが、宮城は私の口を封じるように言った。

「うるさいと思う」

「少しくらい話をしたっていいじゃん」

私はペンで宮城の腕をつつく。

「宿題するから邪魔しないで」

そう言って、宮城がプリントにペンを走らせる。けれど、十分も経《た》たないうちにペンを放り出した。

「やっぱり勉強したくない。これ、仙台さんがやってよ」

「自分でやりなよ。まだ一時間も経ってない」

「次から頑張る」

「じゃあ、間違ってるの直したら続きやってあげる」

「間違ってるところって?」

「とりあえず、ここところ。ほかにもある」

間違っている箇所をペン先で指し示すと、宮城が数を数えて露骨に嫌な顔をしたが、交換条件が魅力的だったのか間違った答えを消しゴムで消していく。私が正しい答えを導き出すためのちょっとしたヒントを出すと、間違いがすべて正される。

「残りは私がやるから、終わるまで宮城は得意なヤツやってて。終わったら写していいから」

「……結局、宿題するんだ」

「当たり前でしょ」

これから埋める予定のプリントだって、素直に写させたりはしない。今はそれを口にするつもりはないが、ある程度は宮城に解いてもらうつもりだ。彼女は私が本当に家庭教師の真似事《まねごと》をするとは思っていなかったようで、渋い顔をしながら新たに引っ張り出した問題集を解いている。

それなりの量がある宿題は、一日では終わらない。

地道にコツコツとプリントと問題集の空欄を埋めていると、結構な時間が経っていた。

「夕飯食べてく？」

終わった何枚かのプリントを見返しながら、宮城《みやぎ》が言う。

夏休みも放課後と同じように夕飯を出してくれるとは思わなかったから、少し驚く。

出てくるものの予想はできる。

きっと、お惣菜《そうざい》かレトルト。

いつもとかわりはないだろうけれど、家で食べるよりもここで食べるほうがずっといい。

「食べてく」

決まっていた答えを口にすると、宮城がキッチンへ向かう。後をついて部屋を出て、カウンターテーブルの椅子に座る。黙ってキッチンに立つ宮城を見ていると、お湯の中に銀色の袋が放り込まれ、カレーとなって運ばれてきた。

二人でいただきますと手を合わせてから、一口食べる。

「レトルトもいいけどさ、たまには作りなよ」

私はレトルトにしては高そうな味がするカレーを胃に落としてから、宮城に言う。

「カレーなんかレトルトでいいじゃん。作るの面倒だもん」

「作れない、の間違いでしょ」

「そんなに言うなら、仙台《せんだい》さんが作ってよ」

「じゃあ、材料用意しといてよ」

ごちそうになってばかりでは悪いから、労働力を提供するくらいはかまわない。宮城が美味《おい》しいと思うかどうかは別として、簡単なものならすぐに作ることができる。けれど、作ってと言った本人が適当なことを言いだす。

「気が向いたら」

材料、用意されそうにないな。

宮城のやる気のない返事に心の中でため息をついて、私はカレーを口に運んだ。

少しくらい会話があったところで、夕飯はあっという間に終わってしまう。

片付けを手伝って麦茶を飲みながら、窓の外を見る。

予備校があっても学校がない分、宮城の家に早く来たから夕飯もいつもより早く食べている。それでも、レースのカーテンの向こうに見える空は暗くなり始めていた。

「そろそろ帰らないと」

家に帰り着く時間が遅くなっても誰もなにも言わないけれど、ずっとここにいるわけにはいかない。宮城の部屋から鞄《かばん》を持ってきて、玄関へ行く。靴を履いていると、声をかけられる。

「仙台さんは、明日も予備校？」

平坦《へいたん》な声に、夕飯の前に聞いた宮城の予定がちらつく。

「明日だけじゃないけどね」

私が予備校に行っている間、宮城は友だちと遊んでいる。

受験生だからといって、毎日勉強しなければいけないわけではない。だから、宮城が遊んでいたっていいはずなのになんだか腹立たしい。

私は玄関のドアを開きかけて、やめる。

振り返って宮城の手首を摑《つか》む。

「なに？」

怪訝《けげん》な顔をしている彼女を引き寄せて、首筋に唇をつける。

キスは前にしたけれど、心臓の音が少し速くなる。

宮城が私の肩を押す。

でも、自分を止められない。

こういうことをしようと思っていたわけではないのに、強く唇を押し当てて跡がつかない程度に吸う。

柔らかな肌の感触が唇に伝わってくる。

シャンプーと宮城の汗が混じった匂いが鼻をくすぐる。唇を離してもう一度軽く触れてからゆっくりと顔を上げて、こういう意味のないことをした自分に小さく息を吐く。

エアコンのない玄関は暑くて、宮城の手首を摑んだ私の手も湿っていた。

「変なことしないでよ」

強い声とともに、摑んでいた手が振りほどかれる。

「ちょっと触れただけだし、跡もついてないから、そう変なことでもないでしょ」

「そういうことを言ってるんじゃない」

「今日、勉強教えるだけじゃなくて宿題してあげたし、その分」

適当な理由を作って、宮城に伝える。

「……そういうシステムだって聞いてない」

「言ってないからね」

「ルール、後出ししないでよ。っていうか、残りのプリントも結構自分でやったんだけど」

「でも、写した部分もあるでしょ」

でっち上げた理由を固める言葉を口にして、玄関のドアを開ける。マンションの廊下へ出ると、文句を言いながら宮城がついてきて一緒にエレベーターに乗る。

一階で降りてエントランスまで二人で歩く。

マンションの外へ出る前に「またね」と言うと、宮城が不機嫌そうに「バイバイ」と返してきた。

今までと違って、さよならの挨拶に次が見える。

〝またね〟は金曜日のことで、宮城からの連絡はいらない。

帰《かえ》り際《ぎわ》に約束はしていないけれど、明後日《あさって》の予定は決まっている。

◇◇◇

きっと、一日置きなんて面倒なスケジュールがいけない。

昨日のことを思い出して、今日はなにをしているかな、なんて考える余裕がある。

繰り返し考えていると、記憶に強く残る。勉強と同じだ。家から予備校へ向かう道、予備校から家へと帰る道、お風呂《ふろ》に入っているとき、眠りつくまでのベッドの上。宮城が入り込む隙間がいくらでもあった。だから、金曜になった今日も昨日の宮城がなにをしていたのか気になっている。

高校生が夏休みにできることなんて限られているから、行った場所を予想することはできる。

カラオケや買い物、映画を観《み》たり、遊園地へ行ったり。

それくらいのもので、特別変わった場所へ行ったなんてことはないはずだ。

昨日、どこ行ったの？

今、本人に聞くこともできるけれど、水曜日に聞いても答えてくれなかったことを今日答えてくれるとは思えない。

「仙台さん、ここわかんない」

隣に座った宮城が、広げた問題集の上のほうをペンで指す。

「ああ、これは――」

数字がいくつも並んだ紙の上、当てはまる公式を教える。

記憶から必要なものを引っ張り出して、口にすることはそう難しいことではない。こんなものは家庭教師ではないし、お金をもらうほどのことではないことはわかっているけれど、なんの理由もなく休み中に宮城の家へ来ることはできなかったから理由を作った。

そんなことは宮城も気がついていると思う。

水曜日にした首筋へのキスの理由だって適当に作ったものだ。

宮城には、あのキスに怒る権利があった。

じゃあ、どうしてキスをした後に本気で怒らなかったのか。

聞きたいと思うけれど、これも聞いたところで答えてくれそうにない。こうして口に出せないものが増えていくと、いつか窒息してしまいそうで怖くなる。

「……昨日、どこ行ったの？」

飲み込んでいた二つの言葉のうち、聞きやすいほうを口にする。

「宿題やってくれたら答える」

あっさりと宮城が言って、問題集を私の前に置く。

まあ、こうなるよね。

私が宿題をやるわけがないと思って言っているのだろうから、答えるつもりがないのだろう。

「今日はもうやめよっか」

私は宮城の問題集を閉じて、後ろにあるベッドに寄りかかる。

「早くない？」

勉強を始めてからまだ一時間しか経《た》っていないから、早いか遅いかで言えば早い。これで終わりだと言えるような時間ではないから、一つ提案をする。

「早いから、命令していいよ」

「なにそれ」

「勉強終わらせるような時間じゃないし、月曜日も教えてないから、その分命令していいよってこと」

そもそも、こんなものは家庭教師じゃないという言葉は口にしないでおく。

「そうやって勝手に新しいルール作るのやめてよ」

「世の中には臨機応変っていう便利な言葉があるし、いいんじゃないの」

「良くない」

「じゃあ、これからすること宮城《みやぎ》が決めていいよ。命令以外のなにか提案して」

家庭教師を早めに切り上げるかわりに私がすることは、なんだっていい。命令にこだわっているわけではないから宮城にすべてを放り投げると、ほかに案がないのか彼女は意見を翻《ひるがえ》した。

「……命令する」

「わかった。なにすればいい？」

「今から仙台さんの家に連れてって」

「は？」

「いつも私の家だし、たまには仙台さんの家に行ってもいいでしょ」

何故《なぜ》、そんな命令をしようと思ったのか。

宮城の頭を叩《たた》いて割って中を見たいと思う。

高校に入ってから今まで、友だちを家に呼んだことがない。何度か遊びに行きたいと言われたことがあるけれど、すべて断った。友だちが来たからといって親が挨拶をしにくるようなことはないが、ばったり会う可能性はある。

そういうことがあったら、きっと面倒なことになるはずだ。家族と折り合いが悪いことをわざわざ知らせるようなことはしたくないし、自分のテリトリーに人を入れたくはなかった。

「冗談だから」

宮城がつまらなそうに言って、私がさっき閉じた問題集を開く。

「まだなにも言ってないんだけど」

「これから駄目だって言うんでしょ」

「そんなのわからないでしょ」

そう言って、ショートパンツを穿《は》いている宮城の太ももを軽く叩くと手を振り払われた。

たぶん、これは機嫌が悪い。

私は息を吸って、勢いよく立ち上がる。

「宮城、行くよ」

「え?」

間の抜けた声が聞こえる。

「え、じゃなくて。私の家に連れて行けって言ったの、宮城でしょ」

「そうだけど」

「行かないなら、座る」

気は進まないが、宮城なら部屋に入れてもいいとは思っている。でも、言いだした本人に行く気がないなら、無理をして家に行く必要はない。

「行くけど、仙台《せんだい》さんと一緒に行くの？」

私が座る前に立ち上がり、宮城がおかしなことを言う。

「連れて行くってことは一緒に行くってことだし、一緒に行かないとわからないでしょ。宮城、私の家知ってるの？」

「知らない」

当然だ。

私は彼女にどこに住んでいるのか聞かれたことがないし、言ったこともない。わからない場所には一人で行けないのだから、一緒に行くしかない。でも、宮城は立ち上がったまま動こうとしなかった。

「宮城、なんなの。行かないの？」

「……二人で歩いてるところ、見られるかもしれないけどいいの？」

告げられた言葉で、宮城が動こうとしない理由がわかる。

放課後にあったことは誰にも話さないし、学校で話しかけたりもしない。

そういう約束だから、私が宮城と会っていることは誰も知らない。ずっと二人だけの秘密で、これからも二人だけの秘密のままだ。だから、一緒に歩かないと言いたいのかもしれないが、元クラスメイトとたまたま会って一緒に歩くことくらいあるだろうし、同じ場所に向かうのに別々に行くなんて面倒だ。

「いいよ、別に」

短く答えると、宮城が食い下がってくる。

「教えてくれたら別々に行くから。そのほうがいいでしょ」

気を遣ってくれているのか、自分の友だちに私と二人でいるところを見られたくないだけなのかわからないが、一緒に行きたくないと駄々をこねる。

「面倒だし、一緒に行けばいいいんじゃない？　宮城が迷子になっても困るしさ」

「地図があれば迷わない。スマホに案内してもらう。それで迷うほど方向音痴じゃないし」

「そうだとしても一緒に行くから。ここからそんなに遠くないし、一緒に歩いていても誰かに会ったりしないでしょ」

今まで家の近くで会った顔見知りなんて、宮城くらいのものだ。彼女の友だちとだって、会ったりしないだろう。

私はテーブルの上を片付けて、宮城の手首を摑《つか》む。そして、彼女を引きずるようにして部屋を出る。

「二十分くらい歩くけどいい？」

玄関で靴を履きながら尋ねる。

「遠い」

「近いって」

さっさと歩けば十五分で着くから、そう遠くない。

私たちはエレベーターに乗って、エントランスへ向かう。マンションを出てゆっくり歩きだすと、宮城が少し後をついてくる。私は立ち止まって、彼女を待つ。

「途中でコンビニ寄ってもいい？」

隣にやってきた宮城に尋ねる。

「いいけど」

「じゃあ、行こう」

私は宮城を置いていかないように、歩調を合わせて家へと向かう。

いつも一人で歩く道を二人で歩くというのは新鮮な気持ちになるが、楽しくはない。考えるまでもなく目的地が悪い。夏休みの家は、私にとっていつも以上に良くないものだ。

ただひたすら急がずに歩く。

家から五分のコンビニへ寄って、ペットボトルのお茶とサイダーを買う。

寄り道をした理由は単純なものだ。

家族に誰かを連れてきたことを知られたくない。

二人分のグラスを持っているところを見られたくない。

でも、日陰の少ない街を歩いた後に、宮城になにも出さないというわけにはいかない。

ただそれだけの理由で、私はコンビニの袋を持っている。

「ここ」

汗を吸ったTシャツが背中に張り付いて気持ちが悪いと思いながら、家の前で立ち止まる。宮城を見ると、なにも言わずに珍しいものでも見るようになんの変哲もない家を眺めていた。

私は鞄《かばん》から鍵を出す。

けれど、鍵を使う前にドアが開く。

間が悪い。

運が悪い。

日が悪い。

どれが正しいのかわからないが、玄関から愛想《あいそ》のない母親が出てくる。やっぱり家という目的地は面白いものではなかった。

「こんにちは」

宮城が緊張しているとわかるよそいきの声を出し、ぺこりと頭を下げる。

こういうとき、普通の母親ならこんにちはと挨拶を返したり、ゆっくりしていってとか、そういうことを言うんだろう。でも、彼女はなにも言わず、形だけ宮城に頭を下げて私たちの前を通り過ぎていく。

挨拶をしてくれた宮城に悪いと思うけれど、私にはなにもできない。

「ごめん。気にしないで」

母親の後ろ姿を見送ってから謝ると、宮城が困ったような顔をして頷《うなず》いた。

親とばったり会うことがあるかもしれない。

そういう可能性は考えていたけれど本当にばったり会うとは思っていなかったから、ここに来たいと言った宮城に文句を言いたくなってくる。でも、それはただの八つ当たりだし、連れてくると決めたのは私だ。

「入って」

空気が重くなる前に玄関のドアを開けると、小さな声が追いかけてくる。

「お邪魔します」

二人で靴を脱いで階段を上がって、廊下に並ぶ二つの扉のうち手前で足を止める。

「ちょっと待ってて。部屋片付ける」

「部屋散らかってるタイプなの？」

「違うけど、一応」

掃除はそれほど好きではないが、部屋が散らかっているということはない。それでも人が来ることを想定していない部屋に宮城を入れるのだから、チェックくらいはしておきたかった。

私は宮城を待たせて部屋へ入る。

ドアを閉めて本棚やベッドに視線を向けると、チェストの上に置いた貯金箱が目に入った。

あの中には宮城からもらった五千円札が入っている。見られて困るものではないが、中身を考えると見せたくないと思う。

とりあえず、エアコンのスイッチを入れる。袋からペットボトルを取り出してテーブルの上にそれを置いてから、貯金箱をクローゼットの中にしまう。もう一度ぐるりと部屋の中を見回して、宮城を迎え入れた。

「適当に座って」

「広いね」

部屋に入るなり宮城《みやぎ》がそう言って、ベッドに腰掛ける。

「宮城の部屋だって広いじゃん」

私の部屋も広いほうだが、おそらく宮城の部屋のほうが広い。

「さっきのお母さん？」

私ではなく部屋を見ながら宮城が言う。

「そう」

「じゃあ、家にもう誰もいないの？」

面倒だな。

自分のテリトリーに人を入れることに付随するあれこれ。

それが煩わしいものだとわかっていて宮城を呼んだものの、やっぱり面倒くさいと思ってしまうし、私は宮城にこんなことを聞いたりしないのにと思ってしまう。

だから、嫌なんだ。

こういう自分も面倒で、私は宮城の声を聞き流してテーブルの上へ手を伸ばす。サイダーが入ったペットボトルを取って宮城に手渡してから、ベッドを背もたれにして床へ座る。

お茶のペットボトルの蓋を開けると、宮城が催促するように「仙台さん」と呼んだ。

「たぶん、いるはず」

私の返事を諦めない宮城を見ずに答える。

「いるって誰が？」

まるで自分の部屋にいるみたいにベッドに腰掛けているけれど、落ち着かないのか宮城が足をゆらゆらと揺らす。

「出来の良い姉が一人」

大学生の彼女は、夏休みに入ってすぐに帰ってきた。今日は姿を見ていないが、部屋にいるはずだ。

「隣の部屋？」

「そう」

「何歳離れてるの？」

宮城に悪気がないことはわかる。聞きたいというよりは、なんとなく思いついたことを口にして沈黙を埋めようとしているだけだ。でも、あまりいい質問ではない。

「宮城、うるさい」

お茶を一口飲んでから、ペットボトルをテーブルの上へ戻す。体を宮城のほうに向け、揺れる右足を摑《つか》まえる。ショートパンツから伸びた足は膝が見えていて、私はそこに唇をつけた。そして、そのまま舌を這《は》わせる。

「そういうことしてって、言ってない」

聞こえないふりをして、靴下を脱がす。

入れたばかりのエアコンはまだ効いていない。

暑いせいか、命令をされてもいないことを平気でできる。足の甲に舌を付けて足首まで舐《な》めると、柔らかな肌はいつもよりもしっとりとしていて汗の味がした。

「やめてよ」

宮城が強い口調で言って、ペットボトルで頭を押してくる。私はひんやりとしたそれを奪って、床へ置く。ふくらはぎを撫《な》でて脛《すね》に柔らかく唇をつけると、また文句が降ってきた。

「足舐めてなんて命令してない」

「これからするんでしょ」

「しない。足、はなして」

「はなさない」

命令だと付け足すこともできたのに、宮城は「はなして」と言っただけで命令だとは言わなかった。たいした抵抗もしてこない。お願いでしかない言葉は私を止めるには不十分で、彼女の足首を強く掴んで親指を噛《か》む。

「仙台《せんだい》さん、痛い」

宮城は相変わらずうるさいけれど、いらないことは聞いてはこない。蹴ってもこないし、やめろと命令してくることもない。

こんな風にしていると、私も宮城もこうすることを望んでいるように思えてくる。

くだらないことを追及されるよりはマシ。

ただそれだけだった行為が違う行為にすり替わってしまいそうで、私は親指を噛む力を強くする。

「痛いってばっ」

思っていたよりも大きな声に、足から口を離す。

「あんまり騒がないでよ。隣に聞こえる」

壁はそれほど薄くはないし、隣に聞こえるような声ではないが、聞こえては困る内容ではあるから釘《くぎ》を刺しておく。

「仙台さんのせいでしょ。やめたら騒がない」

「じゃあ、なにか命令してよ」

そう言って宮城を見ると、不機嫌そうな目を私に向けた。けれど、なにも言わずにいるから、噛んだ跡に舌を這わせて何度か唇を足の甲に押しつける。指先でくるぶしを撫で、足首から骨の上を舐める。文句が降ってきたりはしない。皮膚の下にある硬いものを感じながら舌を這わせ、膝の下にキスをすると、宮城が足を引いた。

「こっちきて」

小さな声が聞こえてくる。

「それが命令？」

「そう」

言われた通りに隣に座って宮城を見ると、彼女の指先が唇に触れた。でも、輪郭をなぞるように撫でると指がすぐに離れようとして、その手を摑まえる。

触れることを躊躇《ためら》う理由はよくわからないが、私はこういう宮城は気に入らない。

「ほかに命令したいことがあるんでしょ。ちゃんと言いなよ」

「手をはなしてくれたら言う」

「わかった」

摑んだ手を解放すると、宮城が腕を引く。そして、少し迷ってからゆっくりと人差し指がもう一度私の唇に触れた。

「……舐めて」

きっと、本当に命令したいことではない。けれど、なにも聞かずに宮城の指先に舌をつけると、口の中に指を押し込まれた。指先が舌に触れて、第二関節辺りに軽く歯を立てる。口内を探ろうとする指に舌を絡《から》めると、動きが止まる。柔らかく舌を押しつけて、滑らせる。美味《おい》しいわけではないけれど、不味《まず》いわけでもない。ただ舌を這わせ続けていると、宮城が指を引き抜いた。

舐めて、という命令は取り消されていない。

追いかけるように指の先を舐めて、舌を押しつけるように付け根まで這わせる。手の甲に唇をつけて、手首からその上へと緩やかに柔らかく舐める。

「その舐め方、気持ち悪い」

そう言って宮城が手を引こうとするけれど、唇をつけて強く舌先を押し当てた。

「仙台さんっ」

声とともに、強引に腕が引かれる。

「騒がないでって言ったの、忘れた？」

問いかけると、宮城が「騒いでない」と不満そうに答えて立ち上がろうとして、私は彼女の腕を摑む。

油断をすると、宮城は私から逃げようとする。

そして、そんな宮城を捕まえるのは私の役目だ。

今日も、それは変わらない。

私は、宮城をどこにも行けないようにベッドに押し倒す。

「どいて」

当たり前だが、宮城が怒ったように言う。

「どかない」

「どかないならティッシュ取って。指、拭きたい」

「少し黙ってなよ」

キスで唇を塞ぐなんて馬鹿みたいな考えが浮かんで、すぐに打ち消す。宮城が読む漫画に毒されすぎている。でも、それは何度も彼女の家に通って何度も彼女の本を読んだということの証《あかし》で、ため息が出そうになる。

一年前ならこんなことは絶対に考えなかったし、宮城を押し倒したりしなかった。大体、人を押し倒すのはいつも宮城で私ではない。

「こういうのって、ルール違反なんじゃなかった?」

また宮城がうるさいことを言いだす。

私は、彼女が次の言葉を発する前に首筋に噛みつく。

強く歯を立てると、文句を言いかけた宮城が黙る。

でも、それは本当に短い間ですぐに騒ぎ出す。

「仙台さん、痛い」

私の肩を押して抗議してくるが、やめたりはしない。

「痛いって言ってるじゃん。やめてよっ」

「宮城だってこういうことするくせに」

顔を上げて、宮城の首筋を見る。

噛んだ場所が赤くなっていて悪かったと思うが、宮城だって悪い。場所は違うけれど、過去に似たようなことを何度もされている。私もしたことがあるが、宮城は手加減をしないから彼女のほうが酷《ひど》い。

痛みや跡が増えるたび、宮城のことを考える時間が増える。

宮城も少しは私の気持ちがわかればいいと思う。

「……そうだけど」

歯切れ悪く言って、宮城が首を押さえる。

まだ痛いのか、さするように手を動かす。

私は、彼女の隣に寝転がる。

ベッドの上に宮城《みやぎ》と二人。

前にもそんなことがあったけれど、あれは宮城の家だった。私のベッドの上に宮城がいるというのは、不思議な感じがする。

「仙台さん、狭い」

宮城が不満だらけの声とともに、私をぐいぐい押してくる。

「これ、私のベッド。押さないで、痛いから」

「私のほうが痛い」

そう言うと、宮城が起き上がって私の足を蹴った。

「知ってる」

何度も宮城に跡をつけられたし、噛まれた。それがどれだけ痛いかは私が一番よく知っている。

一応、後悔はしている。

こんなことをするために彼女を部屋に入れたわけではないのに、こんなことになってしまった。この先、このベッドの上に宮城がいたことを思い出す私がいたら、きっと今の私を呪うはずだ。

「来週から真面目に勉強しよっか」

あらぬ方向に向かいつつあった感情を修復するように告げると、宮城が「そのほうがいいと思う」と静かに答えた。

第5話　夏休みの仙台さんは横暴だ

半分まで送る。

家へ帰ると言ったら仙台さんがそんなことを言いだして、断った。外はまだ明るかったし、道は覚えていたから送ってもらう理由がない。一緒に歩いたところで話すこともなかった。

仙台さんの家へ向かっていたときも、ほとんど話はしていない。

一人で帰ったほうが気が楽だ。

それに、今日起こった出来事を考えると気まずい。

だから何度も一人で帰ると言ったのに、私は何故《なぜ》か沈黙を引きずりながら仙台さんと帰り道を歩いている。

暑がりのくせに。

突然与えられた命令する権利がいつ失われたのかわからない。彼女は命令だと言った私の言葉を無視して、一緒に家を出ることを選んだ。

隣を歩く仙台《せんだい》さんに聞こえないように、小さくため息をつく。

家に連れて行ってと頼んだのは、彼女があまりにも自分勝手すぎたからだ。

夏休みならなにをしてもいいというように、断りもなくルールを増やして好きなことをしていた。だったら、私だって無理難題を押しつけていいはずだと思って、場所すら知らなかった彼女の部屋に連れて行ってと命令した。

仙台さんがどんな部屋で過ごしているのか。

ほんの少しだけ興味もあった。

どうせ、断られる。

そう思って気軽に命令したことを後悔している。

私が今日見たものの中には、仙台さんが見せたくなかったものがあった。それは彼女がずっと隠していたもので、これからも隠し続けるはずだったものだ。

家族に愛されていそうな仙台さん。

彼女に対してそんなイメージを持っていたけれど、そんな仙台さんは私の想像の中にしかいなかった。玄関でばったり会った彼女の母親は、娘を見ることなく出かけていったし、仙台さんも微妙な顔をしていた。

あまり良い関係じゃないとすぐにわかる雰囲気。

二人の間にはそういうものが確かにあった。

失敗したな。

沈黙を避けるためとはいえ、今日の私は喋《しゃべ》りすぎたと思う。その結果があれだ。

今、仙台さんは黙っている。

私も、喋りすぎた分を穴埋めするように黙っている。

話しすぎたことを謝ってしまえば少しは気持ちが楽になりそうだけれど、謝ったら仙台さんは絶対に怒る。だから、彼女の隣を黙々と歩くしかない。

並んで歩いていても沈黙しかないから、一人で歩いているのとそう変わらない。

隣を見ることができずに、下ばかり見てしまう。

歩道には、沈みかけた太陽が作った影が落ちている。

歩くペースはゆっくりで、目に映るものもゆっくりと流れていく。

「宮城、感想は？」

帰り道、初めて隣からいつもと変わらない声が聞こえてきて、唐突に沈黙が破られた。

「感想？」

かけられた言葉の意味がわからず、仙台さんを見る。

「私の部屋に来てみたかったんでしょ」

今日あったことを忘れたような明るい口調に合わせて答える。

「そういうわけじゃない。気分を変えたかっただけ」

「はいはい。そういうことにしておくけど、部屋の感想くらい言いなよ」

仙台さんの部屋は過剰に飾られていることもなかったし、殺風景というほどなにもない部屋でもなかった。ぴったりくる言葉は〝ごく普通の部屋〟だ。私の部屋とそれほど変わらない。

でも、本棚だけは違った。

並んだ本の大半を占めていたのは問題集や参考書で、仙台さんがたまに見ている茨木《いばらき》さんが好きそうな雑誌は並んでいなかった。けれど、それを口にするのは違うような気がして、無難な言葉を告げる。

「よくある部屋って感じだった」

「なにそれ。どんな部屋だと思ってたの」

「もっと女子高生って感じ？」

「あー、そういうイメージか」

「学校だと、そういう感じじゃん」

仙台さんは派手なタイプではないけれど、学校では目立っていてキラキラしているイメージがある。可愛《かわい》いものやお洒落《しゃれ》なものに囲まれた部屋でも驚かなかった。

「部屋の感想じゃなくてもいいから、ほかになんかないの？」

私の言葉に満足しなかったのか、仙台さんが催促するように言う。

あれから私は、本棚にあった本を読んで過ごした。手ぶらというわけではないが、プリントも問題集も持っていかなかったし、ほかになにもなかったから選択肢がそれしかなかった。そして、仙台さんも本を読んでいた。

つまり、私たちはいつもとなにも変わらない時間を過ごしたということになる。

「感想言うようなこと、なかったし」

「まあ、確かに」

仙台さんが軽く言って、足を止める。

私も立ち止まると、人差し指が伸びてきて首筋に触れる前に止まった。

「ここ、大丈夫？　まだちょっと赤い」

私を押し倒した仙台さんは、手加減をしてくれなかった。

首筋に、血が出るんじゃないかと思うほど歯が食い込んだ。彼女に何度か噛《か》まれたことがあるけれど、その中で一番酷い噛み方だった。

「痛かったし、まだ痛い」

そう答えると、仙台さんの手が赤くなっているであろう場所に触れた。
本当は、もう痛くない。
でも、痛みが残っているようにずきずきとする。
「だろうね。痛くなるようにしたから」
やけに真面目な顔をして仙台さんが言う。
私みたいなことしないでよ。
そう言いかけて、口をつぐむ。
自分が今までどれだけ酷《ひど》いことをしていたのか改めて自覚して、息を吐く。
私の首を撫《な》でる仙台さんの手を剝がす。
大丈夫。
こんなことはなんでもない。
今はまだ赤いかもしれないけれど、痛くないし、跡も残らない。
すぐにすべて消えてなくなる。
「仙台さんのヘンタイ」
「そうかもね」
いつもなら否定の言葉を口にする仙台さんが肯定する。

夏休みに入ってから、調子が狂うことばかりだ。

私が知っている仙台さんは加減を知っているし、人を押し倒したりしない。命令から外れたことをしても、そこに大きな意味はなかった。

舌で肌に触れる。

舐《な》めるという行為はそれだけのものだ。でも、仙台さんはあのとき、それ以上の意味を与えようとしているように思えた。

——いや、気のせいだ。

全部たいしたことのないことで、明日になったら忘れてしまう程度のことだ。仙台さんの家へ行ったことも、そこであったことも、記憶の海に沈んで感情は残らない。なにもかも私の思い過ごしだ。

「行こうか」

街の喧騒《けんそう》に紛れてしまいそうな声とともに、仙台さんが歩き出す。

彼女の家に行くときもそうだったけれど、歩く速度がわからない。

ほかの子とだったら自然に決まる歩幅が決まらない。

並んで歩けばいいのか、少し離れたほうがいいのか。

迷って足がなかなか進まずにいるのに、仙台さんが隣にいる。

家を出てからずっと、並んで街を歩いている。

行きも帰りも同じだ。

歩くペースは変わらない。

私は速度も歩幅もわからないまま足を動かす。これが彼女のいつものスピードなのか、私に合わせているのかわからない。

ただ、ゆっくりと、街の景色が変わっていく。

もう少しテンポを上げたほうが楽だとは思う。

けれど、こうして仙台さんと二人で街を歩くことはもうないかもしれないと思うと、この景色のスピードが変わってしまうほど足を速めることができなかった。

◇◇◇

七月が終わって、八月になって。

あれからずっと仙台さんは、真面目に家庭教師をしている。私も真面目に勉強しているから、宿題の大半が終わった。彼女と勉強をする時間は楽しいとまではいかないけれど、悪くはない。でも、少しペースを落としてもいいと思う。

もう慌てて宿題をする必要はないはずだ。

問題を解くことにも、レポートを書くことにも飽きた。

けれど、仙台さんは手を抜くことなく私に勉強を教え続けている。その証拠に、今日もテーブルの上には教科書や参考書が並び、彼女が家庭教師の役割を果たそうと持ってきた問題集が開かれていた。

仙台さんがこの部屋に来る理由はたぶん、家にある。

彼女の家へ行った日、見てしまったものが答えなんだろうと思う。

それはかまわない。どんな理由があっても、ここに来て約束さえ守ってくれたらそれでいい。でも、休みの日は会わないというルールを作った仙台さんが、そのルールを変えてまで夏休みにここへ来ている理由は気になっている。

家でなにかあっても、休みの日までこの部屋に来たくはない。

それが今までの彼女の答えだったはずだ。

だから、去年の夏休みはここに来なかった。

冬休みも春休みも、ルールを変えようとはしなかった。

それなのになんで。

疑問は消えずに残り続けている。

もしかしたら、自分で作ったルールを変えてまでこの部屋に来るほど家にいたくないないにかがあったのかもしれないし、ほかに理由があるのかもしれない。彼女の家へ行った帰り、あのまま二人で歩き続けることができたら知らないことを知ることができたのかも、なんて考えたりもするけれど、道は永遠に続くわけじゃない。必ずどこかで終わりがくる。仙台《せんだい》さんとずっと一緒に歩き続けることはできない。

「宮城《みやぎ》、手が止まってる」

珍しく髪を編んでも結んでもいない仙台さんが、私の腕をペンでつついてくる。

「休憩してるだけ」

私はエアコンのリモコンに目をやってから、随分と長い間勉強をしていたせいで氷が溶けてなくなったサイダーを飲む。水っぽい炭酸が喉を通って、胃に落ちる。冷たいとは言い難《がた》いサイダーは美味《おい》しくないけれど、今の私には丁度いい。

「宮城。この部屋寒いんでしょ」

仙台さんが頬杖《ほおづえ》をついて私を見る。

「今は寒くない」

「長袖着てるから？」

半袖のブラウスにショートパンツという涼しそうな格好をした仙台さんが言う。

「そうだけど」

「それ、寒かったってことだよね」

少し低い声が部屋に響いて、消える。

仙台さんが秘密にしておきたかったことを暴いてしまった私は、この部屋の温度を彼女に合わせることで氷が溶けたサイダーのように罪悪感を薄めている。そうしたことで感じる寒さを和らげるためにTシャツの上から長袖のブラウスを着ているから、今は寒いと文句を言うほどじゃない。

「気を遣われるの、むかつく」

仙台さんが私のブラウスの袖を摑《つか》んで言う。

彼女はきっとこのブラウスの意味に気づいている。

「なんで私が気を遣うの？」

「……」

答えは返ってこない。

この部屋が仙台さんにとって丁度いい温度になっている理由を口にすることは、彼女の家であったことを蒸し返す行為だ。余計なことを聞かれたくない彼女が答えられるわけがない。

お互い言いたくないことがあって、それを抱えたまま同じ時間を過ごしている。

仙台さんは抱えているものを無遠慮に見せてくれと言ってはいけないことを知っているから、私になにも聞いてこないのだと思う。

今までずっとそうだった。

いつもこの家に誰もいないことを。

五千円を渡し続けることができることを。

私が話したくないであろうことを聞いてくることはなかった。

だから、私も仙台さんについてあまり深く聞いてはこなかった。

――この間は失敗してしまったけれど。

聞かれたくないことを聞いてしまったことは反省すべきことで、今は彼女が黙り込んだわけを追及したりしない。

「少しくらい暑くても平気だし、温度上げたら」

仙台さんがテーブルの上のリモコンを指さす。

「仙台さんに合わせてるんだから、素直に喜べばいいでしょ」

「やっぱり気を遣ってるんじゃん」

「そういうわけじゃないから」

素っ気なく言って、問題集に視線を落とす。

するると、仙台さんがエアコンの設定温度を上げた。

「仙台さん、今日は温度上げられると暑いんだけど」

「なら、脱げば」

既視感のある流れに隣を見る。

夏休み前にも、エアコンの設定温度を巡って似たような話をした記憶がある。

あのときは、仙台さんが下げた設定温度を私が上げた。

「そうする」

薄手のブラウスは温度を調節するためだけのものだ。下にTシャツを着ているから、躊躇《ためら》いなくブラウスを脱ぐ。

「で、仙台さんはどうするの？」

「どうにかしなきゃいけないほど暑くないから」

「嘘《うそ》ばっかり」

「平気だし、宮城に合わせてあげる」

そう言うと、仙台さんが温度をもう一度上げる。

「私はいいけど、仙台さんは暑いよね？」

「別に」

そんなことはないはずだ。私が暑くも寒くもない温度は仙台さんにとっては暑いはずで、いつもならエアコンの温度を下げろと文句を言っている。たぶん、彼女の中でこの会話の辿《たど》り着く場所が決まっていて、私はそこに誘導されている。仙台さんが決めた台詞《せりふ》を言わない限り、部屋の温度は変わらないし、この話も終わらないのだろうと思う。

主導権は、夏休みに入ってからずっと仙台さんにある。

私はそれが気に入らない。

そして、今は彼女の目的がわからないことも気に入らないことの一つに加わっている。

付き合っていられない。

私はやりかけの問題を解いて、問題集の空欄を埋める。

「宮城」

真面目に勉強をしようと言った本人が手を伸ばし、私の前にある問題集を閉じる。

仙台さんに従うのは本意じゃない。でも、このまま放っておいても彼女が鬱陶しくなるだけで、面白いことにならないことは確かだ。

「仙台さん、本当は暑いんでしょ。脱いだら涼しくなるよ」

私は、彼女が言わせたがっているであろう言葉を口にする。

「脱がせたいなら、宮城が私を脱がせるか脱げって命令すれば」

「命令する権利ないし」

仙台さんの口から飛び出した私が言わなければいけない言葉を否定する。

「この部屋の温度を私に合わせてた分、命令する権利をあげる」

夏休みに入ってからの仙台さんは横暴だ。

この部屋の支配者にでもなったかのように振る舞って、すべてのことを勝手に決める。権利をあげるなんて偉そうだし、今は権利なんてもらっても困る。仙台さんが与えようとしている権利は、私が買った権利じゃない。

私が五千円で買ったものは、家庭教師だ。

夏休みは特別で、仙台さんが私に勉強を教える。

対価はそれだけのもので、いつもの放課後とは違う。

彼女がくれるなんていう権利を素直にもらったら、からかわれておしまい。

そういう未来が待っていてもおかしくはない。

「命令しないの？」

決められた答えを待つように仙台さんが問いかけてくる。

彼女は、手を伸ばせば簡単に触れられる距離にいる。雨の日と同じように、ブラウスのボタンを外そうと思えば外すことができるはずだ。

私は手を伸ばしかけて、やめる。

雨に濡《ぬ》れたみたいに自分の手のひらが湿っていて、仙台さんをじっと見る。

「……命令したら脱ぐの？」

「してみれば？」

仙台さんがにこりと笑う。

でも、それは捨てられる運命にあるチラシのように薄っぺらい笑顔で、彼女がなにを考えているのかはわからない。仙台さんの言葉は迷路と同じだ。選べる道はいくつもあるように見えるけれど、出口へ続く道は一つしかない。

不本意でも、私は彼女が用意した台詞を口にする。

「じゃあ、命令。脱いで」

夏休み、初めてこの部屋に来たときと似た服を着た仙台さんが迷いもせずにブラウスのボタンを外す。

一つ、二つ、三つ。

その下も全部外してブラウスを脱ごうとする。

「待って。待ってよ」

反射的に肩から落ちそうな彼女のブラウスを引っ張り上げる。

「宮城、髪摑まないで。痛い」

落ち着いた声と表情で仙台さんが言う。

確かに私の手の中には、ブラウスと一緒に彼女の髪もあった。けれど、そんなことは小さな問題で、私は大きな問題のほうを口にする。

「なんで脱ぐの？」

「宮城が命令したんでしょ」

「そうだけど、仙台さんが無理矢理させた命令じゃん」

「そうだとしても命令したことには変わりない」

仙台さんが私の手を振り払って、ブラウスを脱ごうとする。

命令はした。

でも、仙台さんが用意した台詞を口にしただけで本当に脱ぐとは思っていなかった。私は仙台さんを脱がしたいわけでも、裸を見たいわけでもない。そんなことは思っていなかった。それなのに、血液が流れる音が聞こえそうなくらいに心臓が働き出して、彼女から目をそらす。

ここには、歩幅を合わせて私の隣を歩いていた仙台さんはいない。

彼女は全速力で走っているように見える。

「こっちを見ない理由はなに？」

そう問いかけられても、彼女を見ることができない。

「普通、人が脱いでるところじろじろ見ないから」

「宮城《みやぎ》が今まで普通だったことあったっけ？」

「なにそれ、見てろってこと？」

「そういうわけじゃないけど、急に目をそらすからむかついただけ。とりあえず、こっち向きなよ」

彼女の言葉は無視しても良いものだ。従わせることができるのは私で、仙台《せんだい》さんの言葉は命令じゃない。ずっと仙台さんから視線を外していればいい。そうすれば、こんな馬鹿げた行為をやめて、いつもの彼女に戻ってくれる。だから、仙台さんを見る必要はない。

そう思うのに、私は視線を仙台さんに向けた。

「凝視されたらされたで、脱ぎにくい」

「凝視はしてない」

「してる。すごく見てるじゃん」

「仙台さん、文句多い」

そう言うと、仙台さんが「そうだね」と笑ってボタンをすべて外したブラウスを脱ぐ。ゆっくりと肩が露《あら》わになる。

視線の先で、仙台さんの上半身を覆うものが下着だけになる。

凝視しているつもりはないけれど、目が離せない。

エアコンの設定温度は何度になったんだっけ。

少し暑いような気がして、どうでもいいことが頭に浮かぶ。

仙台さんが手にしたブラウスを床に落とし、髪を鬱陶しそうにかきあげる。

綺麗《きれい》だなんて思いかけて、私は湿った手を握りしめた。

今日は朝から気温が三十度を超えている。いわゆる真夏日というヤツで、窓を開けたら熱気で死にそうなくらい暑い。だからといって、エアコンの設定温度を下げすぎたら私にとっては寒すぎる。でも、今日は仙台さんにとっての適温を保っていた。それからエアコンの設定温度が上がったけれど、部屋の中は下着姿になるほどではないはずだと思う。にもかかわらず、仙台さんは服を脱いだ。

この部屋に来るまでに暑さで頭がショートして、中身が全部溶けておかしくなっているとしか思えない。彼女は夏休みに入ってからずっとおかしかったけれど、今日は今までで一番おかしい。

わけがわからなすぎて、私までおかしくなりそうで嫌だ。

頭の中がぐるぐるしていてくらくらする。

どうして仙台さんがこんなことをするのか。

知りたいけれど、知ってはいけない気がする。

なにか言ったほうが良さそうだけれど、口にする言葉が見つからない。

視線は仙台さんに張り付いている。

――水色というには青い感じがする薄いブルーの下着。

この前見た白い下着とは印象が違う。

繊細なレースで彩《いろど》られたそれは可愛《かわい》いと言ってもいい。仙台さんのイメージとは少し違うような気がするけれど、よく似合っている。

胸は大きいということはないが、私よりはある。少し下に視線をやると、お腹《なか》は程よく締まっていてくびれていた。

まじまじと見るつもりはない。

でも、目が離せなかった。

心臓の音が仙台さんに聞こえそうなほどうるさく感じるのは、気のせいだと思いたい。

そうじゃなければおかしい。

「じゃあ、今度は宮城の番」

「え?」

唐突に名前を呼ばれて、仙台さんの顔を見る。

「宮城も脱ぎなよ。暑いでしょ」

耳に入ってきた言葉は仙台さんが発したものだとわかったけれど、理解ができない。どこか遠い世界の言葉のようで、意味のない音にしか聞こえなかった。

「宮城」

仙台さんが動けずにいる私の名前を呼んで、距離を詰めてくる。

近い。

いつもなら服があって見えない部分がよく見えて、思わず仙台さんの肩を押すけれど、仙台さんは近いままでTシャツの裾を摑《つか》まれる。彼女の指が脇腹に触れたところで頭の中でころころと転がっていた言葉が意味を持ち、私はやっと彼女がなにを言ったのか理解した。

「私は暑くないし、脱ぐ必要ない」

強く言って、仙台さんの手を押し戻す。

彼女が服を脱ぐのは勝手だが、私まで巻き込まないでほしい。

「ある。ほら、早く」

諦めの悪い仙台さんはそう言うと、無遠慮に手を伸ばしてくる。そして、もう一度Tシャツの裾を摑んでたくし上げようとした。

「ちょっ、ちょっと、仙台さんっ」

私は慌てて仙台さんの手を引き剝がそうとする。でも、離れない。それどころか、裾がめくれてお腹が半分くらい出てしまう。

こんなのは想定外だ。

私が仙台さんを脱がすことはあっても、脱がされることがあるとは思っていなかった。脱がされる想像もしたことがない。そもそも命令は〝脱いで〟であって、〝脱がせて〟ではなかった。

私はティッシュの箱で、Tシャツの裾を摑んだままの仙台さんの頭を叩《たた》く。すると、ティッシュカバーのワニが揺れて、彼女が「痛い」と大げさに言う声が聞こえた。

「脱ぐくらいたいしたことじゃないでしょ。学校でだって着替えるし」

仙台さんがTシャツの裾から手を離して、叩いたところを撫《な》でてから髪をかき上げる。

「これは着替えじゃないじゃん。脱がされることと着替えは違う」

「宮城、細かい」

「細かくない。仙台さんが大雑把すぎる」

「細かすぎるとハゲるよ」

仙台さんが私の前髪を引っ張り、「こういうのは勢いだよ」と言ってまたTシャツの裾を摑んだ。

「やだってばっ」

私は、ぱしん、とその手の甲を叩く。

「脱がされるのが嫌なら、宮城が自分で脱ぎなよ」

「どうしてそういうことになるのか本気でわかんない」

仙台さんは、ときどき予想もしないことをする。突然、家に来たり、教室に来たりして私を驚かせる。

夏休みに入ってからは、それが顕著になっていると思う。

私の気持ちなんておかまいなしに、わけのわからないことばかりしてくる。

「宮城を脱がせるために脱いだって言えばわかる？」

仙台さんがさらりと言って、私を見た。

「……冗談だよね？」

「冗談だと思う？」

冗談であるべきだと思う。

私を脱がしたところで、仙台さんに特別いいことがあったりはしない。スタイルがいいわけでもないし、見ても面白くないはずだ。

でも、冗談を言っているようには見えない。

「とにかく、脱がないなら私が脱がすから」

私がなにか言う前に、裾を掴んだままの手がＴシャツをたくし上げてくる。

「脱がされるくらいなら自分で脱ぐ」

宣言をして、仙台さんの手首を掴む。

どれだけ言っても、彼女の意思は変わりそうにない。脱がされるか、自分で脱ぐかのどちらかしか選択肢がないのなら、後者を選ぶしかなかった。

「わかった」

短い返事とともに、Ｔシャツから仙台さんの手が離れる。

私は視線を落として、小さく息を吐き出す。

ゆっくりと顔を上げると、当たり前だけれど上半身を覆うものが下着だけになった仙台さんがいる。そして、私もＴシャツを脱ごうとしている。

ありえないシチュエーションに目眩《めまい》がする。

こんなの、馬鹿馬鹿しい以外に言葉がない。

仙台さんのいうことなんて、きかなくてもいいはずだ。

今から立ち上がって、なにか持ってくるからとキッチンへ向かってしまえば、こんなくだらないことに付き合う必要はなくなる。

「宮城、やっぱり私が脱がせてあげようか？」

迷っていることが伝わったのか、仙台さんが結構な力で私の腕を掴んでくる。

にこりと笑っているけれど、優しさは感じない。私を逃がすつもりがないということだけが伝わってくる。

「自分で脱ぐから、違うところ見ててよ」

「なんで？　宮城だって私のこと見てたでしょ」

「それは仙台さんが見ろって言ったから見てただけ」

「それでも見てたんだから、私にも見る権利があると思うけど」

「そんな権利ないから、別のところ見ててよ」

腕を掴む手を剝がし、仙台さんの体を押してベッドのほうを向かせる。けれど、彼女はすぐに向きを変えて私を見た。

「宮城、意識しすぎ」

からかうような声と、視線から逃れようとすることに特別な意味があると決めつけるような言葉に、私は一気にTシャツを脱ぐ。

真夏の午後、自室で下着姿になる。

それだけ聞けばありふれた日常の一コマだけれど、私と同じように上半身だけ下着姿になった仙台《せんだい》さんがいるからそうはならない。

視線が痛い。

なにが面白いのか、仙台さんがじっと私を見ている。

裸じゃなくても落ち着かない。

体を隠したいけれど、隠すとまたからかわれそうで隠すこともできない。

どうせ見せるなら、もう少し可愛い下着が良かった。

今日つけているのはよくある白い下着で、当然だけれど人前で服を脱ぐ前提で選んだものじゃない。

「脱いだけど。……このあと、どうするの？」

なるべくなんでもないことのように言って仙台さんを見ると、一瞬困ったように眉根を寄せた。でも、すぐに口角を上げて笑顔を作り、私の脇腹をするりと撫でた。

「仙台さん、そういうことしないでよ」

隔てるものがない状態で触れる手がくすぐったくて腕を摑まえようとするけれど、摑まえる前に脇腹をつままれる。

「ちょっと、仙台さんっ」

私は仙台さんの手を払《はら》い除《の》けて、脇腹を押さえる。

「柔らかくて気持ちいい」

「むかつく」

「いいじゃん。ちょっと触るくらい」

「良くない。触らないで」

「じゃあ、見てるだけならいいんだ」

なにが〝じゃあ〟なのかわからないが、仙台さんが遠慮のない視線をまた向けてくる。

「それもやだ」

私が仙台さんを見るのはいいけれど、見られるのは違う。

こんなことを続けていたら、いつまでも仙台さんのペースのままだ。

「宮城《みやぎ》。顔、少し赤い」

仙台さんの手がゆっくりと優しく私の頰に触れる。そして、手のひらが熱を奪うように押しつけられる。たったそれだけのことで、心臓の音が大きくなって呼吸の仕方も忘れそうになり、私は彼女の手を引き剝がした。

「赤いんだとしたら恥ずかしいから。仙台さんみたいにスタイル良くないし」

「女の子は少しくらいお肉があるほうが可愛《かわい》いよ」

「仙台さんのそういうところ、本当に嫌い」

「じゃあ、好きなところもあるんだ？」

「ない」

即答して、横を向く。

そのまま膝を抱えると、仙台さんが私の腕をぺちんと叩いた。

「少しは考えなよ。傷つくじゃん」

声は言葉よりも軽くて、傷ついているようには思えない。

でも、彼女のことを見ていなかった私には、仙台さんがどんな顔でその言葉を口にしたのかはわからなかった。

「私は結構、宮城のこと気に入ってるのに」

わざとらしいくらい明るい声が隣から聞こえてくる。

「仙台さん、暑さで頭が死んでるでしょ」

「そうかも。宮城、介抱してよ」

「しないから。って、寄りかからないで」

断りもなしに肩をぶつけられて、文句を言う。

距離をゼロにしていいとは言っていない。

私たちの間には適切な距離が必要で、この距離は近すぎるはずなのに、仙台さんは離れてくれない。肩と肩が繋《つな》がるみたいにくっついたままで、彼女の長い髪が腕をくすぐる。

「頭が死んでるから、動けない」

「その冗談、面白くない」

そう言って仙台さんを見ると、彼女はつまらなそうな顔をしていた。

「ウケなよ、少しは」

「仙台さん、暑い。あと重い」

私じゃない体。

肩と肩で繋がった仙台さんの体は温かいを通り越して熱かった。

服を脱いだ他人が隣に座っていて、体温が混じり合うほどくっついていたことなんて今までなかったから、ほかの人のことは知らない。知っているのは仙台さんだけだから、これが平熱なのかはわからない。

「重いって失礼じゃない？」

「失礼じゃない。服着るからどいてよ」

べたりとくっついた仙台さんの肩を押すと、腕が搦《から》め捕《と》られてくっつく部分が増える。

「仙台さん。今の命令だから、いうこときいて」

「今日の命令、脱いでっていうので終わり」

「なんで勝手にルール作るの」

「夏休みだし、少しは自由にやろうよ。そのほうが楽しいでしょ」

「私、夏休み嫌いだし、楽しくない」

「いいじゃん。一日くらいこういうことがあったって」

「良くない」

腕と腕がからまって、逃げられない。

仙台さんの腕が脇腹に触れている。普通ならくっつかないような部分がくっつくような状態は、絶対に良くないと思う。舞香《まいか》たちとだって、こんなことはしない。

でも、仙台さんと私の体温が一つになる感覚は悪くはなかった。

「そうだ、宮城。来週なんだけど、お盆の予定は？」

「ない」

わざわざ本当のことを言う必要はない。

お盆は一日だけお父さんがいて、ほかには舞香たちとの約束が一つある。さすがに仙台さんもお盆まで勉強をするとは言わないはずだから、黙っておけばいい。

「じゃあ、お盆も勉強ね」

そう言って、仙台さんが体重を全部預けるみたいに私に寄りかかってくる。

「仙台さん、暑いってば」

勝手にお盆は勉強をしないと思っていた私は、予定を入れてしまっている。それを伝えればいいのに伝えようと思えない。物事の優先順位が彼女の体温でごちゃごちゃになっている。

舞香たちの予定は前倒しにすればいい。

今週末なら二人とも予定がなかったはずだ。

「大丈夫。私も暑いから」

「なにそれ」

私の言葉に、仙台さんが「夏だからかな」と答えにならないことを言う。

いつもよりうるさい心臓の音が聞こえてくるような気がするけれど、それが私の音なのか、仙台さんの音なのかよくわからなかった。

第6話　宮城にならしたいこと

部屋着が入ったチェストを開けると、宮城の服が目に入った。

それは春休み前に、サイダーまみれになった制服のかわりに彼女からもらったカットソーで、一度返そうとしたものだ。

結局、宮城は受け取らず、私のものになっている。捨てることもできず、着ることもないまましまわれ続けて行き場がない。

カットソーにそっと触れる。

返そうと思って洗濯をしたから、宮城の痕跡はない。

一度、目を閉じてからタンクトップを手に取ってバスルームへ向かう。

金曜の夜だからか、午後十一時を回った今も、リビングには電気が点《つ》いている。私は静かに廊下を歩き、お風呂《ふろ》に入る。のんびりとお湯につかるよりも早く出ることを選び、冷蔵庫からペットボトルを一本取って部屋へと戻った。

机に置いたスマホを見る。

いくつか来ていたメッセージに返信をしながら、ペットボトルのお茶を胃に流し込む。

半分飲んだところで、スマホと一緒にベッドへ寝転がった。

今日あったことを考えるつもりはなかったが、頭に浮かぶ。

――宮城の前で服を脱いだこと、そして宮城に服を脱ぐことを強要したこと。

私はスマホを枕元に置いて、大きく息を吐く。

宮城と週に三回会うということ自体は悪いことではない。

友だちとは休みの日も会いたいと思うし、遊びにも行く。親しければ、そう思うことは当然のことだ。宮城と休みに会うことも、似たようなものだと言える。彼女とはキスをしたことがあるけれど、それくらいは許される範囲だ。どうせ、私の唇は宮城の体に何回も触れているし、同じように宮城も私に触れている。

だから、いい。

でも、服を脱いだり、脱がせたりすることはルールに反している。

雨の日の選択は、間違いだったと思う。

私の制服を脱がせようとした宮城の手を払い除け、馬鹿じゃないのと一蹴すべきだった。

ルールを破った行動を受け入れたせいで、それが尾を引いている。

ベッドの上、天井を見ながらため息をつく。

この部屋で宮城を押し倒した私は早々に自分を呪うことになり、今も呪い続けている。

そして、その呪いはじわじわと心を覆い、感情をねじ曲げかけている。

宮城を脱がして、触って。

それ以上のことを考えそうになって、私はそれを打ち消した。

「マズイでしょ」

こういう想像は、するべきではない。

宮城がこの部屋に来てから頭に浮かぶことは、人には言えないようなことばかりだ。

あのままキスしてしまえば良かっただとか。

消えないような跡を残せば良かっただとか。

そんなくだらないことばかりを考え続けて、今に至っている。

こういう私は私らしくない。

私はもう少し要領がいいし、人付き合いも上手《うま》いほうだ。高校に入ってからは、それなりの位置で楽しい学校生活を送っている。卒業まではこういう毎日を続けるつもりで、それを実現するなら今ある宮城に対する感情は邪魔なものだと思う。

『私は結構、宮城のこと気に入ってるのに』

本人にこんなことを言うつもりはなかったが、彼女を気に入っていることに間違いはない。好きなところがないと面と向かって言われたせいで思わず口にしてしまったけれど、それがほかの人よりも少し気に入っている程度のものなら問題はなかった。

でも、実際はそうではない。

私は考えていたよりも宮城《みやぎ》のことを気に入っていて、彼女に向かう感情を制御できずにいる。

だから今日、自分をあるべき自分に戻そうと試みた。

私は、大きなため息を一つつく。

調子の悪いスマホは再起動すれば、何事もなかったように動き出したりする。そんな風に自分を再起動すればいいんじゃないかと思った。

服を脱ぐことに意味があるように振る舞うから、変な雰囲気になる。だったら、日常的なもののように振る舞えばいい。

宮城に命令させて、学校で着替えをするみたいに、なんでもないことのように服を脱ぐ。

自分を騙《だま》して、誤魔化す。

気持ちを百八十度変えることは難しくても、そうやって折り合いをつけて整理していくことならできる。去年のように、つまらない命令も気に入らない命令も時間を潰すだけのもので、一週間のうちの数時間を宮城に売り渡していた私に近づけばいいだけだ。

そう思った。

上手くはいかなかったけれど。

脱がせてもいいし、脱げと命令してもいい。

宮城に用意した選択肢は二つで、彼女は考えた通り服を脱げと命令してきた。

気持ちを隠すことには慣れている。自分の気持ちに蓋をして、上手くやり過ごすことは得意なことだ。だから、顔色を変えずに宮城の前で脱ぐことはできた。でも、それだけでは不十分で、理性を置いて感情だけが走り続けていた。おかげで、宮城まで脱がすことになった。

いや、今の言い方は正しくない。

正確に言うなら、宮城を脱がしたいという気持ちを止めることができなかったということになる。平気な顔をしたところで下心が消えるわけではないこともわかって、私には宮城にもっと触れたいという感情だけが残り続けている。

今も後悔をしながら、宮城は柔らかかったとか、触れ合った部分が気持ち良かったとか考えているから救いようがない。思考回路はほどけないほどに絡まり、繋がってはいけない部分にアクセスし続けている。

ずっと、私が私じゃないみたいで気持ちが悪い。

布越しではなく、直接触れたい。

また宮城に――。

今までこういう感情を誰かに向けた覚えはない。

ほかの人にはしたいと思わないけれど、宮城にならしたいと思うことが増えていく。行き場のない思いは夏だというのに雪のように降り積もり、解けずにいる。

「今日が金曜で良かったかな」

一日空けてすぐに宮城に会うには、今の気分は重すぎる。

彼女に興味はあるが、あの部屋は居心地がいいと思う程度に留《とど》めておきたい。卒業したら、この家を出て県外の大学へ行くと決めているし、未来を変えるつもりはない。

でも、清く正しい生き方をしたいわけではないから、少しくらい刺激的なことがあったっていいとは思っている。これ以上、宮城と深く関わらなければ、あの部屋で過ごす時間の上澄みを楽しむくらいは許されるはずだ。

暴論だと思うし、支離滅裂だと思う。

けれど、宮城のことに関しては上手く考えをまとめることができない。未《いま》だに宮城のことを摑《つか》めずにいるから、考えれば考えるほど自分がなにをするべきかわからなくなっていく。

大体、宮城が変な命令ばかりするのも悪い。

優しくて、要領がいい私でいられないようなことばかり言う。

だから、ほんの少しくらいの矛盾は見逃してもいいはずだ。

しかも、最近は変に気を遣ってくるから居心地が悪い。

この家のことは宮城には関係がない。

いつも通りにしていてくれないと、今日みたいなことをするチャンスを私に与えることになる。

私は責任を転嫁《てんか》して、隣の部屋とこの部屋を隔てる壁を見る。

こんなに一人の人のことを考えたのは、隣の部屋にいるあの人以来だ。両親があからさまに姉だけを可愛《かわい》がるようになってからしばらくは、彼女のことばかり考えていた。

あの頃の自分とは違うけれど、あの頃の自分を見ているようで苛々《いらいら》する。

「あー、もう。夏休みなのにテンション上がらない」

スマホを手に取り、時計を見ると、午前一時を過ぎていた。

羽美奈《うみな》ならいいかな。

彼女は夜更《よふ》かしで、休みならこの時間でも起きているはずだ。私は気分を変えるべく、羽美奈に電話をかける。呼び出し音が一回、二回と鳴って、五回目で夜中とは思えない明るい声が聞こえてくる。

「こんな時間に珍しいじゃん」

「眠れなくてさ。羽美奈、いま話せる？」

「電話してたら彼氏寝ちゃったし、暇してたところ」

羽美奈にどうしてもしたい話があるわけではない。

きっと、彼女も暇を潰せれば誰でもいいはずだ。それでもそれなりに話が弾む相手と話をしたいという欲求は同じはずで、私たちは取るに足りない話を始める。

宮城とは違う声に、少し気持ちが落ち着く。

頭を使うこともなく思いついたことをだらだらと口にしているだけなのに、宮城と話すよりもころころと会話が転がって盛り上がっている。でも、楽しいかどうかは微妙だ。羽美奈とは先週会っているから、会話は過去をなぞるように似たような話ばかりになる。

「今年さ、葉月《はづき》付き合い悪くない？　塾ってそんなに忙しいの？」

予備校を必ず塾と言う羽美奈が不満を隠さずに言う。

去年は今の倍は会っていたから、文句を言われても仕方がない。

「まあね。結構、予定詰まってて」

予備校が忙しいというのは本当で、夏休みの予定をほぼ奪っている。そこに宮城の家へ行くという予定も入っているから、もっと忙しい。

羽美奈は、あそこに行きたい、ここにも行きたいと希望を述べて、スマホの向こうで予定を空けろと言っている。私は、実際に予定を空けるかどうかは別にしてわかったと答える。すると、機嫌を直した羽美奈が思い出したように言った。

「そうだ。宿題、終わった？」

「ほとんど終わってる」

「じゃあさ、写させてよ」

「いいよ。明日行こうか？」

「明日って今日ってこと？」

羽美奈に言われて、午前一時過ぎだということを思い出す。

「あ、うん。今日」

「わかった、今日ね。あ、ついでに行きたいところがあるから」

羽美奈が宿題のほうがついでになりそうな場所を口にする。

会いたいわけではない。

去年なら、もう少し楽しい気分になれたと思う。

気が乗らない。

でも、誰かと会っていたほうが気が紛れそうで、私は羽美奈と会う約束をした。

◇◇◇

目覚めは、いつもよりも良かった。

理由は、考えるまでもなく羽美奈だ。

土曜日どころか、日曜日まで彼女に引っ張り回され、余計な考えが入り込む隙間もないほど疲れてぐっすりと眠った。二日連続で遊び歩く予定ではなかったが、宮城のことを頭の隅に追いやることができたからよく眠れたのだと思う。

おかげでいつも通り予備校へ行けたし、宮城の家へ来ることもできた。

ほんの少しの気まずさに目をつぶれば、なんの問題もない。

実際、私も宮城も金曜日のことに触れることはなかった。宮城は家庭教師代と言って私に五千円を渡すと、黙って問題集をテーブルに広げたし、私もひたすら問題集の答えをノートに書き込んでいる。

そして今、この部屋にあるのは平穏な時間だ。

金曜のことは問題集の中に隠しているだけで、問題を解いている間だけなかったことになっているということはお互いにわかっている。もともとそれほど弾まない会話は停滞し続けて沈黙ばかりだけれど、そんなことは些細《ささい》なことだ。沈黙が多いくらいじゃ世界は終わらないし、私たちの関係も終わらない。

少し静かすぎるとは思うが、うるさすぎるよりはいいと思う。

私はテーブルの上からグラスを手に取って、冷えた麦茶を胃に流し込む。宮城は気を遣うことをやめたらしく、今日の室温は私には少し暑いくらいになっている。

もう二度ほど設定温度を下げて欲しいが、言わないでおく。外にいるよりは涼しいし、金曜日をなぞるようなことをしたいわけではない。

「仙台《せんだい》さん」

前触れもなく、宮城が私を呼ぶ。

「なに?」

「日曜日、駅前にいた?」

「いたけど、なんで?」

問題集から顔を上げて宮城を見ると、彼女もこちらを見ていた。邪《よこしま》な気持ちはここへ来るまでに暑苦しい太陽に焼かれて燃えてしまったのか、宮城が隣にいても今日はそれほど気にならない。

「茨木《いばらき》さんと歩いてるところ、見かけたから」

宮城《みやぎ》の言葉に、声をかけてくれたら良かったのにと言いかけて飲み込む。

私たちはそういう関係ではない。

「宮城は宇都宮《うつのみや》と？」

代わりの言葉を探して口にする。

「そう、舞香《まいか》たちと出かけてた」

「なにしてたの？」

「買い物」

夏休みの初め、宇都宮とどこへ行くのか尋ねたときには答えてはくれなかった宮城がすんなりと答えを口にする。

「仙台さんはなにしてたの？」

「こっちも同じ。羽美奈の買い物に付き合ってた」

「楽しかった？」

問題を解くことに飽きたのか、それとも沈黙し続けることに飽きたのか、宮城が普段なら聞いてこないようなことを聞いてくる。

「まあね」

短く答えると、疑いの眼差《まなざ》しが向けられる。

宮城が見た私がどんな私だったのかわからないが、そんな目で見られる顔はしていなかったはずだ。私は羽美奈の前でつまらない顔はしない。〝まあね〟の半分くらいは本当だし、羽美奈に振り回されて疲れたけれど楽しいこともあった。

「宮城のほうこそ楽しかったの？」

わざわざ宮城の視線を否定するのも面倒で、彼女の日曜日について聞くことにする。

「楽しくないことしないから」

「そっか。なに買ったの？」

「いろいろ」

「いろいろって？」

「なんでもいいでしょ」

宮城が質問に答えてくれるボーナスタイムは終わったようで、話が打ち切られる。だが、昨日は本当に楽しかったようで声はそこまで冷たくなかった。

宇都宮のことはよく知らないが、宮城と仲がいいことは知っている。どれくらいの付き合いで、どれくらい親しいのかは聞いたことがないけれど、良い友だちなんだろうと思う。たぶん、そういう関係は今の私にないものだ。

私にあるのは打算的な関係ばかりで、二人を少し羨ましいと感じる。そして、考える必要のないことも頭に浮かぶ。

宇都宮なら、なにも考えずに宮城に触れることができるんだろうか。

友だちをつかまえて〝なにも考えずに〟と注釈をつけることがおかしなことだということは、よくわかっている。友だちなら、そんな注釈はいらない。邪な気持ちが消えたと思ったのは気のせいで、半分くらい燃え残っているからこんなことを考える。

――最低だ。

私はペンを放り出して、テーブルに突っ伏す。

額とテーブルがぶつかって、ゴン、と鈍い音を立てたけれど、気にしない。

「急になに？」

驚いたような宮城の声が聞こえてくるが、それを無視して突っ伏したまま尋ねる。

「わからないところある？　あったら言って、教えるから」

「仙台さんが急に突っ伏した理由以外にわからないところはないけど」

「じゃあ、問題集続けてて」

「なんなの、一体」

「ちょっと自分に幻滅してるだけ」

今の自分を放っておけば、金曜日をトレースするような行動を起こしそうで嫌になる。

自分の理性がこれほどまでに信用できないとは、思っていなかった。今まで宮城のことを面倒なヤツだと思っていたけれど、今はそれ以上に自分が面倒なヤツになっている。

「わけわかんないこと言ってないで、真面目にやってよ」

いつもなら私が言いそうなことを宮城が言う。

「午前中、真面目にやってきた」

「それ、予備校の話でしょ。ここでも真面目にやって」

真面目に勉強をしたらこのくだらない妄執から解放されるというなら、いくらでも真面目にやる。でも、そうは思えない。炎天下の中、散歩でもしてきたほうが気分が変わりそうな気がする。

「そうだ、宮城。食パンある？」

私は体を起こして、隣を見る。

「食パン？」

「そう。あとは牛乳と卵」

「ないけど、あったらなんなの？」

「フレンチトースト食べたくない？」

「食べたくない」

「私が食べたい」

即答した宮城に即答する。

散歩に行こうかと誘う仲ではないし、理由もなく一人で外へ出て行くわけにもいかない。だったら、適当な理由を作ればいいだけだ。

少し気分を変えたいだけで、外から戻ってくればまた宮城の隣でなにも考えずに問題を解くことができると思う。

彼女がこの部屋で食べ物を出してくることはほとんどないけれど、たまには二人でおやつを食べたって悪くない。

「材料買ってくるから待ってて」

宮城が食べたいかどうかは問題ではないから、私は立ち上がって鞄《かばん》を手に取る。

「フレンチトーストとかどうでもいいから、勉強してよ。ちゃんと」

不機嫌な声とともに、ワニのカバーがついたティッシュの箱が飛んでくる。私はそれを受け止めて、あるべき場所にワニを戻す。

「宮城がそんなこと言うなんて珍しい」

「仙台さんが突然なにか始めると面倒なことになるから、やめてほしいだけ」

「それ、私が面倒なことばっかりしてるみたいに聞こえるんだけど」

「してるじゃん」

「してないし、今日はフレンチトースト作るだけだから」

宮城に言うつもりはないが、面倒なことをしないようにフレンチトーストを作ろうとしているのだから止めないでほしい。

「ちょっと行ってくる。宮城も一緒に来る？」

意思を変えるつもりがないことを宣言して、ついでに宮城が私を一人で送り出したくなる魔法の言葉を付け加える。

「行かない。行きたいなら、一人で行けば」

彼女は思った通りの台詞《せりふ》を口にして、問題集に視線を落とした。

「じゃあ、待ってて。悪いけど、鍵しめてね」

できることなら、真夏の街に出たくはない。

太陽を隠す雲がない空の下、風のない街を歩くなんて地獄だ。

でも、今は蒸し風呂《ぶろ》のような街へ出る必要がある。

私は宮城を置いて玄関を出て、エレベーターに乗る。

エントランスを抜けて外へ足を踏み出せば、すぐに汗が額に滲《にじ》む。

甘いものを食べれば、明るい気分になるはずだ。

根拠があるわけではないが、そう信じて太陽が照りつける歩道を歩く。

こういうのって宮城っぽいな。

日陰を探しながら、ため息をつく。

行動に一貫性がないし、なにかあったら逃げ出す。

一緒に過ごす時間が長くなったせいか、だんだんと宮城のようになってきている。似てきたとは思いたくない。これはたまたまで、今日だけのことだと思いたい。

こめかみをぐりぐりと押さえて、頭から宮城を追い払う。

食パン、卵と牛乳。

聞いてはこなかったが、さすがに砂糖はあるだろう。

私は簡単なおつかいをこなすために足を速める。

スピードが上がれば、額に汗が滲む速度も上がる。

着ているTシャツにもより汗が滲む。

暑い。

宮城に向かっている私らしくない気持ちが溶けてしかるべきほどに暑い。

フレンチトーストにされる食パンも私みたいに暑いと思いながら焼かれるのかもしれな

いなんて馬鹿げたことを考えながら、コンビニではなく、より遠いスーパーへ行き、必要なものを買う。そして、宮城がいるマンションに戻り、オートロックを開けてもらい、エレベーターに乗る。

結構、単純だな。

寄り道をせずに行って、必要なものだけを買って、寄り道をせずに戻ってきただけだから、一時間も二時間も外にいたわけではない。でも、たったそれだけのことで私の気分はそれなりに変わった。

外は暑くて、頭を冷やすというよりは熱したことになったが、邪《よこしま》な気持ちを追い出すという目的は達したから問題はない。

「買ってきた」

玄関を開けてもらった私は、宮城に声をかける。

「頼んでない」

不機嫌な声が返って来る。

「頼まれてないけどさ、ちょっと休憩しようよ」

「仙台《せんだい》さんが勝手に買い物行ったから、ずっと休憩してた」

そう言うと、宮城は部屋へ戻ってしまう。スーパーの袋を持ったまま後を追いかけると、宮城《みやぎ》はベッドに腰をかけて漫画を読んでいた。

「宮城。フレンチトーストは？」

「キッチン使っていいよ」

「そうじゃなくて、フレンチトースト作るから二人でおやつ食べない？　って言ってるんだけど」

わかりやすく提案をしても、宮城は動かない。

それなら、実力行使するまでだ。

スーパーの袋を床へ置いて宮城が持っている本を取り上げると、それは初めて見る漫画だった。

買い物ってこれか。

たぶん、昨日、宇都宮《うつのみや》たちと買い物に出かけて買ったいろいろの一部が漫画なんだろう。

「仙台さんだけ食べれば」

そう言うと、宮城が私から漫画を奪ってまた読み始める。

どう見てもあまり機嫌が良いとは言えない。

「あ、宮城。もしかしてフレンチトースト嫌い？」

突然、私が買い物に行った。

勉強してよ、という宮城の言葉を無視した。

機嫌が斜めになった理由はそんなところだろうけれど、無難な理由を口にしておく。

「……」

宮城はこっちを見ようともしない。

「なんで黙るの」

「……食べたことないからわかんない」

「そういう人、いるんだ」

馬鹿にしたわけではない。

率直な感想だ。

だが、宮城にはそう聞こえなかったらしく、低い声が聞こえてくる。

「絶対に食べない」

「拗《す》ねることないでしょ。作り方教えてあげるから、手伝ってよ」

「手伝わないから自分で作って」

「課外授業だから、これ」

「すぐそういういい加減なことを言う」

宮城が漫画から顔を上げ、不満そうな顔を見せる。

「じゃあ、できたら持ってくるから宮城はここにいて」

付き合っていられない。

宮城と一緒に作らなければいけない理由はないし、二人で料理を作るなんてことをしていたら変えた気分が元に戻ってしまうかもしれない。彼女が手伝ってくれなくても、フレンチトーストは作ることができる。それどころか、いないほうが早く作れるかもしれない。唐揚げを一緒に作ったときもろくなことにはならなかった。あのとき、彼女は指を切って、私はその傷口から流れ出た血を飲んだ。

「キッチン借りるよ」

ベッドに座っている宮城に告げ、スーパーの袋を持って部屋を出ようとするが、Tシャツの裾を引っ張られる。

「なに？」

「一緒に行く」

ほかの子の前ではどんな感じなのか知らないが、私の前にいる宮城はいつも素直ではない。今日も散々駄々をこねて、結局キッチンへ一緒に行くと言う。食べないと言っているフレンチトーストだって、最後には食べるに違いない。

それなら、最初から黙ってついてくればいいのに。

本当に面倒くさい。

でも、こうして話をしているといつもの宮城でいつもの私だ。勉強をしていたときよりも、普通にしていられる気がする。

私は、短い廊下を歩いてキッチンへ向かう。けれど、宮城はキッチンへは入らずにリビングのカウンターテーブルに座った。

「宮城、こっち」

私は手伝うつもりが欠片《かけら》もない宮城を呼ぶ。

「なんで?」

「手伝いに来たんでしょ」

呼ばないほうがいいとわかっていながら、勝手に口が動く。

でも、何事も起こらないはずだ。

理性は取り戻している。

「違うから。仙台さんが自分で全部やってよ」

「いいから手伝いなよ。料理苦手でも卵くらい混ぜられるでしょ。もしかしてそんなこともできない?」

スーパーの袋から牛乳と卵を出しながら宮城を見ると、彼女はむっとした顔をしていた。

「やればいいんでしょ」

ぞんざいな口調で言って、宮城がキッチンへやってくる。

「食器とか勝手に出していい？」

「好きなの使えば」

言われた通り、必要なものを適当に取り出して、ボウルに卵を一個割り入れる。

「これ混ぜといて」

宮城に菜箸を渡して、大切なことに気がつく。

食パンを焼くために使うバターを買ってきていない。

冷蔵庫を開けて中を見ると、色の悪い死にかけたバターが入ったケースが見える。いつ買ったのか宮城に尋ねると「ちょっと前に買った」という曖昧な返事が飛んでくるが、ちょっと前にしてはバターに元気がない。それでも宮城の言葉を信じることにして、次の指示を出す。

「砂糖大さじ一杯入れて、牛乳と一緒に混ぜて」

私は砂糖が入った入れ物と計量カップに入れて計った牛乳を宮城に渡してから、食パンをまな板の上に並べる。

半分でいいかな。

食べやすく四つに切ってもいいけれど、今日は二つに切ることにして包丁を手に取る。

一枚目の食パンを半分にして隣を見ると、宮城はまだ砂糖を入れていた。

「宮城、ストップ」

「なに？」

「砂糖、入れすぎじゃない？　何杯いれた？」

「三杯くらい？」

「一杯って言ったよね？　私」

「甘いほうがいいじゃん」

「良くない。分量守って」

二杯ならまだしも、三杯は多い。

でも、入れてしまった砂糖を抜くことはできないから、卵液の量を増やして薄めることにして、私は卵をもう一つボウルに割り入れる。牛乳の量も倍にして割った卵に加えると、宮城がまた砂糖を入れようとした。

「ちょっと、宮城」

私は、胸焼けがしそうなほど砂糖を入れようとする手首を掴《つか》む。

「あとから命令でもなんでもしていいから、いうことききなよ」

「命令することなんてもうない」

「あるでしょ、なにか」

「じゃあ、これ飲んで」

宮城がぶっきらぼうに言って、砂糖がたっぷり入った卵液を指す。

「馬鹿じゃないの」

砂糖の量がまともでも、卵液は食パンを浸すものでそのまま飲むものではない。

「だから、命令することなんてないって言ったじゃん。たまには仙台さんが命令すれば？

フレンチトースト作ってくれるお礼に命令する権利をあげる」

「そんなの砂糖の分量守れって命令して終わりでしょ。意味ない」

「じゃあ、三つ命令きいてあげる。これなら平和にフレンチトースト作れるでしょ」

やっぱりまだ邪魔するつもりだったのか。

命令をしなければいうことをきかない宮城にフレンチトースト作りを手伝わせるくらいなら、全部一人でやったほうがいい。

「三つって、ランプの精にでもなるつもり？」

私は宮城からボウルを取り上げて、卵液を混ぜる。

「ランプの精って命令をきくんじゃなくてお願いをきくんでしょ。仙台さんこそ馬鹿じゃないの」

やっぱり、馬鹿なのは宮城だ。

彼女がする命令は命令だけれど、私が命令をしてもきっと命令にはならない。宮城が素直に命令をきくとは思えないから、私がする命令はお願いのようなものだ。しかも、ランプの精なら願いを叶《かな》えてくれるが、宮城は願っても叶えてくれるとは限らない。

「あのさ、手伝うなら命令とか言ってないで素直に手伝いなよ。手伝う気がないなら、向こうで座ってて」

行儀が悪いと思いながら、菜箸でリビングを指す。

けれど、宮城はリビングに行こうとはしなかった。

「仙台《せんだい》さんだって勝手にルール作ってるし、いいでしょ」

「そうだけど」

「早く命令しなよ」

宮城が私のほうを向いて、まるで命令のように言う。

納得できない。

なんで、命令される側の宮城が偉そうなんだ。

大体、三つ命令できても、宮城にしてほしいことなんて砂糖の分量を守って、牛乳の分量も守って、弱火でパンを焼くくらいのことしかない。そして、それはどうしても宮城にしてほしいことではない。

じゃあ、なにを命令すればいいんだ。

黄色い卵液に視線を落とす。

宮城《みやぎ》にしてほしいこと。

宮城に私がしたいこと。

ないことはないが、こんなところで命令するようなことではないと思う。

じゃあ、ほかになにか。

私はボウルと菜箸を置いて、宮城のほうを向く。

「命令、なんでもいいの？」

「いいよ」

「じゃあ、そのまま動かないで」

「え？」

「動かないでって言ったの」

「わかったけど、次は？」

宮城はフレンチトーストを作る手伝いを命じられると思っていたらしく、不思議そうな顔をしながら私を見た。

「目、閉じて」

「……なにするつもり？」

動くなと命令したはずなのに、宮城が半歩下がる。

「黙っていうこときいて」

「黙ってって、命令？」

「そう、命令。三つきいてくれるんでしょ」

宮城が眉根を寄せて、私を睨《にら》む。文句があるらしく、仙台さん、と私を呼ぶ。でも、すぐに口をつぐむとゆっくりと目を閉じた。

宮城は、絶対にいうことをきかない。

そう思っていたから、拍子抜けする。この次に起こることを予想しただろうから、もっと食ってかかってくると思っていた。

私は、珍しく大人しくいうことをきいた宮城の頬に触れる。

指を滑らせても宮城は動かない。

真夏の太陽に焼かれたはずの不合理な感情が燃え残っていて、自分を止めることができない。買い物へ行く時間程度で取り戻した理性は借り物でしかなく、簡単に崩れる。

ゆっくりと閉じられた宮城の目のように、ゆっくりと彼女に近づく。私も目を閉じて彼女を視界から消して唇を重ねると、見えないはずの宮城がよく見えるような気がして、そのまま唇を強く押しつけた。

心臓の音がいつもより速い。

平気でキスができるほど、宮城とキスをすることに慣れてはいない。それでも二度目のキス——唇に触れた数を正確に数えるなら三度目のキスは、やっぱり気持ちが良かった。柔らかな唇に触れているだけなのに、崩れ落ちた理性がバターのように溶けていく。

キスは嫌いじゃない。

もっと触れていたいと思う。

これくらいのことが夏休みにあったっていい。

キスくらいたいしたことではないと自分を誤魔化す。

舌先で宮城の唇に触れる。閉じられた唇を割り開くように舌を伸ばすと、宮城の手が私の肩をぐっと押した。その力は思いのほか強くて、一度唇を離してからもう一度キスをする。

柔らかく触れて、舌先で唇を舐《な》める。

それ以上はしていない。けれど、宮城が私の唇を加減せずに噛《か》んできて、今度は私が宮城の肩を押すことになった。

痛い。

指先で自分の唇に触れると、濡《ぬ》れた感触がする。指を見ると、赤いものがついていた。

「初めてじゃないし、ここまでしなくてもいいでしょ」

噛まれた部分がズキズキして、尖《とが》った声になる。

「初めてとかそうじゃないとか関係ない。命令は三つきいたし、勝手なことした仙台さんが悪い」

宮城が不機嫌に言う。

勝手なことが舌を入れようとしたことを指しているのか、唇を舐めたことを指しているのかはわからない。ただ唇に触れただけのときは抵抗しなかったから、キスをしたこと自体は勝手なことには含まれないはずだ。

「少しは加減しなよ」

どうしても伝えておきたいことだけを口にする。言いたいことはいくつもあるが、宮城に言っても文句が返ってくるだけだ。

「鏡ある?」

傷がどれくらい深いか気になって、なにが地雷かわからない気難しい宮城に問いかける。

血はそれほど出ていないようだが、唇が痛かったし、まだ痛い。こんなところを思いっきり噛むなんて、宮城はどうかしている。

「傷なら、私が見てあげる」

「自分で見るからいい」

「鏡、ここにないから」

そう言って、宮城が私に顔を近づけてくる。

とても、近くまで。

それは、傷を見るにしては近くて「なに？」と問いかけようとしたけれど、先に宮城が犬か猫のようにべろりと私の唇を舐めた。

突然のことに、声を出すことも忘れて宮城を押す。

「消毒しただけ」

言い訳のように宮城が言って私から離れ、言葉を続ける。

「血、美味《おい》しくない」

「そりゃそうでしょ。それに前にも言ったけど、舐めるのは消毒じゃないから」

ここで宮城の血を舐めたから、血の味はよく知っている。

自分の血と等しく、宮城の血も美味しくなかった。宮城だって、舐める前からそんなことはわかっていたはずだ。衛生的でもないし、好んでするようなことではない。だから、どうして宮城が私の血を舐めたりしたのか理解できないのに、彼女がもう一度近づいてくる。

「ちょっと、宮城」

体を寄せて、唇も寄せてこようとしてくる宮城を制止する。

何故《なぜ》、止めたのか。

自分でもわからないまま、宮城の肩を摑《つか》んでいた。

「仙台さんから誘ってきたくせに」

誘ったら誘われてくれる。

宮城の言葉はそういう意味にもとれて、私は驚く。

確かに今まで宮城を誘導するようなことをしてきたけれど、そんなことを彼女が言うとは考えていなかった。

「……私ともう一度キスしたいってこと？」

尋ねても返事がない。

私から距離を詰めると宮城が「私がする」と小さく言ったけれど、そのまま唇を押しつけた。

少しの痛みとともに、宮城の唇の感触が鮮明に伝わってくる。

柔らかくて、温かくて、気持ちがいい。

痛みが消えたわけではない。

唇は相変わらずズキズキしていて熱を持っている。

でも、触れた唇の感触に痛みは上書きされている。

触れているだけなら宮城は大人しくて、私はさっきよりもほんの少しだけ長くキスをしてから唇を離す。

「……仙台さんってエロいよね」

宮城がぼそりと言って、恨めしそうな目で私を見る。

「宮城だってキスしたかったんだから、同じでしょ」

「同じじゃない」

宮城が抵抗するように言い切って、私に手を伸ばす。

指先が傷口に触れて、緩く撫《な》でる。

「そこ痛い」

言葉に反応するように、傷口が指先で強く押される。

ピリピリとした痛みに、顔を顰《しか》める。

物理的な距離だけで言えば、私と宮城は前よりも近くにいることが多くなった。けれど、私たちの間には埋まらない距離がある。

宮城は、未《いま》だに私の嫌がる顔を見たいと思っているのだろうか。

彼女の指は、唇に触れ続けている。

私は、与え続けられる痛みにそんなことを考えた。

第７話　仙台《せんだい》さんは余計なことばかりする

仙台さんは、冗談で済むようなキスをしない。

初めてキスしたときもそうだった。

ちょっと唇が触れ合う程度のキスならふざけただけと言い訳することができるけれど、彼女は言い訳を許さないようなキスをしようとする。唇が触れ合うだけで終わるようなキスならしたっていい。でも、それ以上のキスを求めてくる。

「宮城《みやぎ》、痛い」

命令をフレンチトースト作りにではなく、キスに使った仙台さんが文句を言ってくるが、唇から指は離さない。離す必要もないと思う。

仙台さんの舌が唇に触れると、ぞわぞわとして落ち着かない。

彼女の体温が私に混ざろうとしてきて、頭の奥が熱くなる。

だから、そういうキスは私たちがするべきものではなくて、仙台さんの唇を噛んだ。彼女がする冗談にならないキスは、鍵の付いた箱に入れて心の中に沈めておいた気持ちを呼び覚ますもので、受け入れられない。

仙台さんの唇にできた傷は思ったよりも深かったが、自業自得《じごうじとく》だ。

私は、傷口を押さえる指に力を加える。

仙台さんの顔が歪《ゆが》んで、痛みをこらえていただけの彼女が私を睨《にら》む。

反抗的な目をした仙台さんを久々に見た気がする。

仙台さんがこの家だけでするこういう顔を見ると、珍しいものを手に入れたときに似た優越感のようなものに浸ることができる。そして、私だけがそういう顔をさせることができるのだということに気持ちが高ぶる。

——少し前まではそうだったはずだ。

でも、今は仙台さんにこういう顔をされたくないと思う私がどこかにいる。

こんなのはおかしい。

悪いのは行き過ぎたキスをしようとした仙台さんで、私はちょっとした仕返しならしたってかまわない立場のはずだ。彼女がどんな顔をしようが関係ない。

私は、傷口に爪を立てる。

指先がぬるりとした血で濡れて、仙台さんに手首を掴まれる。

「痛いってば」

言葉とともに、乱暴に傷口から手が剝がされる。

指先を見ると仙台さんの血が付いていて、彼女の唇にも同じように血が付いていた。指に付いた血を舐《な》めると、仙台さんの唇を舐めたときと同じ味がして美味しくない。

「舐めないで、手を洗いなよ」

そう言って、仙台さんがシンクの水を出そうとする。私はその手を止めて、彼女の腕を摑んだ。

「手はあとから洗う」

「じゃあ、今はなにするの」

夏休みの仙台さんは調子に乗っている。

私からキスをしようとしたのに、私にキスをすることが当たり前みたいな顔をしてキスをしてきた。別にキスくらいしたっていいけれど、仙台さんばかり自由に好きなことをするのはずるいと思う。

ここは私の家で、三つの命令だって終わっているのだから、私も彼女のように好きにしたっていいはずだ。

「キス」

仙台さんの答えを待つつもりはない。

彼女に一歩近づいて、私から顔を寄せる。

目は閉じない。

視界に映る仙台さんが近くなる。それでも目を閉じずにいると根負けしたように仙台さんが目を閉じて、私はゆっくりと唇を重ねた。

温かな体温とともに、血であろう液体が唇を汚す。

伝わってくるべたりとした感触は気持ちが悪いけれど、触れ合っていること自体は心地がいい。彼女からキスをされたときと変わらないくらい気持ちが良くて強く唇を押しつけると、傷口が痛むのか仙台さんが少し体を引いた。

唇を体のどこにくっつけたって、柔らかさが変わるくらいで感触に大きな違いはないはずなのに、唇同士がくっつくと心臓がうるさくて体が熱くなる。

誰としても同じような気持ちになるのかはわからない。

知りたいとも思わない。

でも、仙台さんとキスをするとどうなるのかは知ってしまった。

私は、彼女のTシャツを摑んで唇を強く押しつける。さっきよりも血がたくさんついて、どこよりも柔らかい唇がぴたりとくっつく。でも、すぐに仙台さんが私から離れた。

「もう少し優しくしなよ。唇、痛い。あと、Tシャツ伸びるからはなして」

そう言って、仙台さんが私の手の甲を叩《たた》く。

私はなにも答えずに手を洗ってから、卵液を混ぜる。仙台さんは返事をしなかった私を咎《とが》めることなくパンを切り始め、カシャカシャと菜箸がボウルに当たって立てる音だけがキッチンに響く。

心臓は、まだ少しだけドキドキしていた。

私は、黄色い液体だけを目に映し続ける。けれど、ずっと黙ったままでいるというわけにはいかなかった。

「これ、どうしたらいいの？」

黄色い液体の完成形がわからず、顔を上げずに仙台さんに尋ねる。

「もういいよ。あとは食パン浸して焼くだけだから、宮城は向こうに行ってて」

リビングにいた私を手伝えと呼び寄せた仙台さんが、キッチンから私を追い出すように言う。

無責任すぎる。

わざわざ手伝いに来たのに追い返されることに文句があるけれど、このままキッチンに居続けるのも気まずい。それにパンを焼けと言われても困る。

私は素直に仙台さんの言葉に従って、キッチンを後にする。

カウンターテーブルで待っていると、ジュウジュウとパンが焼ける音とともに甘い香りが漂ってくる。たいして空《す》いていなかったお腹《なか》が食べ物を催促するように動き出して身を乗り出すと、焦げ目のついたパンが見えた。そして、思ったよりも長く待たされてから、フレンチトーストが運ばれてくる。

「誰かさんがいうこときかなかったから、美味《おい》しいかわからない。とりあえず食べてみて」

仙台さんがナイフとフォークを私の前に置いて、隣に座る。声を合わせたわけではないけれど、いただきます、が重なって、仙台さんと一瞬目があった。

私は、卵焼きに似たパンにフォークを入れて小さく切る。黄金色の塊を口に入れると、卵とバターが混じりあったどこか懐《なつ》かしい味を、表面のカリカリと中のふわふわが連れてくる。

「初めてフレンチトーストを食べた感想は？」

仙台さんが私を見る。

「思ったよりも甘い」

「それは宮城のせいでしょ。馬鹿みたいに砂糖入れるから」

不満そうに仙台さんが言う。

「まあ、でも、結構美味しいと思う」

これは、嘘《うそ》じゃない。

少し甘すぎるような気はするけれど、初めて食べたフレンチトーストは好きな食べ物に分類してもいい。

唐揚げも、卵焼きも。

仙台さんが作ってくれたものは美味しかった。もしかしたら、彼女は私が嫌いなものも美味しく作ることができるのかもしれない。

「それなら良かった」

隣から、ほっとしたような声が聞こえてくる。

仙台さんが料理を作ってくれたとき、美味しいと伝えるといつもそういう声を出す。私の反応なんて気にする必要はないはずなのに、少しは気にかけてくれているらしい。

私は、もう一口フレンチトーストを食べる。ふわふわのパンを噛《か》んで胃に落とすと、ガチャリとお皿にフォークかナイフが当たる音が聞こえてきて、隣を見れば仙台さんが口を押さえていた。

「大丈夫？」

口を押さえている理由は聞かなくてもわかる。

傷口にフレンチトーストが当たった。

たぶん、そういうことで、でも、傷ができた原因は仙台さんにあるから私が不安になる必要はない。でも、彼女があまりにも痛そうな顔をしているから、思わず大丈夫か聞いてしまった。

「血が出るほど噛むのやめなよ」

眉間に皺《しわ》を寄せて、仙台さんが私を睨む。

「血が出るほど噛みたくなるようなことをする仙台さんが悪い」

「キスするの、嫌いじゃないくせに」

「好きなわけでもないから」

「へえ」

仙台さんが疑いを含んだ声と眼差《まなざ》しを向けてくる。

私はその声と視線から逃げるように、フレンチトーストを口に運ぶ。ゆっくりと咀嚼《そしゃく》して、口の中からバターの風味が消えてから、言いたいことの一つを告げる。

「明後日《あさって》からは、もう少し普通にしてよ」

「普通って?」

「変なことしないで」

仙台《せんだい》さんが言うようにキスは嫌いじゃないし、仙台さんとならしてもいい。

ただ、この先何度もするようなものじゃないと思う。

私たちは世の中で言うキスをする関係にないし、そういう関係になる予定もない。この夏休みがイレギュラーな状態というだけで、二学期が始まれば一学期と同じような毎日を過ごすことになるはずだ。

それにまたこんなことがあったら、歯止めがきかなくなりそうな気がする。嫌いじゃないから、普通でいられる自信がない。このままずるずるとこんなことをしていると、マズいことになりそうだということはわかる。

「変なことってなに？」

仙台さんがフォークでフレンチトーストを刺す。

「変なことは変なことでしょ」

「はっきり言いなよ。キスするなって言いたいんでしょ」

「わかってるなら、もうこういうことはなしにして。するなら、勉強したり、話をしたりとか、そういうことにしてよ。それも嫌なら本もゲームもあるし、なんか適当に時間潰せるでしょ」

乱暴に言って、仙台さんのお皿からフレンチトーストを奪う。一口でそれを食べてしまうと、仙台さんがにこりと笑って言った。

「宮城《みやぎ》、知ってる？　そういうこと一緒にする人のことって、友だちっていうの」

わざとらしいほど明るい声がリビングに響いて、仙台さんが「飲み物取ってくる」と言って立ち上がる。彼女はキッチンへ向かい、声だけが少し離れた場所から聞こえてくる。

「でも、宮城がそういう友だちみたいなことしたいなら、明後日からはそうするけど」

すぐに仙台さんが戻ってきて、テーブルの上にグラスが二つ置かれた。

「別に友だちみたいなことがしたいわけじゃない」

「そう？　普通がいいなら、友だちごっこでいいじゃん。なんなら、友だちっぽく二人で映画でも観《み》に行こうか？」

仙台さんが学校でよく見る笑顔を作り、麦茶を飲む。

本気じゃないのは声からわかる。

行くわけないじゃん。

仙台さんは、私がそう言うと思っている。

だから、絶対に言わない。

「……いいよ。観に行く」

「映画？」

「そう。明日か、木曜日に行こうよ」

友だちごっこではないけれど、仙台さんを友だちのように扱おうとしたことがある。たわいもない話をして、一緒にゲームをして。

友だちとするようなことを一緒にしてみた。

結局、仙台さんが友だちになることはなかったけれど。

でも、今回は違う結果になるかもしれない。あのときは自分だけがそうしようとしていたけれど、今度は仙台さんも〝ごっこ遊び〟を一緒にしてくれる。彼女と友だちになりたいわけではないが、ねじれかけている関係を元に戻すきっかけになるかもしれない。

「なんで明日か木曜日？」

仙台さんが探るように聞いてくる。

「友だちごっこなら、家庭教師の日じゃないほうがいいでしょ」

「確かにね。じゃあ、木曜日で」

この家では見たことのないにこやかな顔で仙台さんが言った。

◇◇◇

あれでもない、これでもない。

服をベッドの上に並べて唸《うな》って、クローゼットに戻すなんてことを三十分くらいしているにもかかわらず、着ていく服が決まらない。

洋服ごときに、こんなにも時間をかける必要はないとわかっている。

仙台さんが家庭教師にきた昨日、観る映画は決めなかったけれど、行き先を決めた。

普段、私たちが行かないような場所で、同じ学校の生徒も行かないような場所。

すぐに決まった待ち合わせ場所はそんなところで、電車に乗って行かなければならない。

仙台さんと放課後に会っていることは誰も知らないし、夏休みに会っていることも秘密だ。知り合いにばったり会うような場所に行くわけにはいかないから、わざわざ遠い場所を私が選んだ。

駅へ行って、電車に乗って。

映画を観るためだけにしては、行程に時間がかかる。それでも、会う約束は午後からだから時間はまだある。

「これでいいや」

ブラウスにデニムパンツ。

この間、舞香《まいか》たちと会ったときに着た服を手に取る。

仙台さんと会うために気合いを入れる必要はない。

だらだらと考えていないで、さっさと決めれば良かった。

手早く着替えて、引っ張り出した服を片付ける。髪を結ぼうか悩んで、カーテンを開ける。窓の外を見ると、ギラギラと眩《まぶ》しいほどの太陽の光が溢《あふ》れていた。

暑そうだな。

首筋が焼けてしまいそうで、髪を結ぶかわりに日焼け止めを塗る。時計を確認すると、家を出るにはまだ少し早かった。

ため息を一つつく。

仙台さんが冗談で口にしたであろう言葉に乗ったものの、気が重い。観たいと思っている映画はあるけれど、彼女が観たい映画かどうかはわからない。仙台さんに観たい映画があったとして、それを私が観たいと思えるのかどうかもわからなかった。

私は、彼女の友だちなら知っているような〝仙台さんのこと〟をよく知らない。

好きな映画や好きな音楽、好きな食べ物。

彼女の友だちなら当然のように知っているようなことを聞いたことがなかった。

長く息を吐いてから、ぱん、と頬を軽く叩《たた》く。

今日は〝友だちごっこ〟をするだけだ。

難しいことじゃない。

舞香たちと過ごすように、仙台さんと過ごせばいい。観たい映画が違っても妥協点はあるはずで、これまで舞香たちとも趣味嗜好《しこう》の違いをすりあわせてきている。

「少し早いけど、いいか」

鞄《かばん》を持って、マンションを出る。

十分も経《た》たないうちに汗が流れ出て、ブラウスに染《し》みを作る。車が走る音に混じって聞こえてくる蟬《せみ》の声のせいで余計に暑くて、鬱陶しい。

ビルの陰に逃げ込んで、足を止める。

そう言えば、仙台さんの家は私の家からそう遠くなかった。目的地が一緒なら、乗る電車も同じかもしれない。

彼女の姿を探すつもりはないけれど、周りを見てしまう。

いるわけないじゃん。

心の中で呟《つぶや》いて、いつもは乗らない電車に乗るために改札を通る。蒸し暑いホームの上にもそれほど涼しくない車内にも、見慣れた顔はなかった。いくつかの駅を通り過ぎて、電車を降りる。駅の中、待ち合わせ場所に指定したヘンテコな像の前へ向かう。けれど、ヘンテコな像に近づく前に〝友だちごっこ〟の相手が視界に入った。

遠目にも仙台さんだとわかるその人は、私の家に来る彼女とは服装も雰囲気も違っていた。

仙台さんが着ているロングスカートにノースリーブのシャツはどこにでもあるような服で、特別変わった服じゃない。でも、よく似合っているし、容姿のせいか目立っているように見える。

待ち合わせをしていなかったら絶対に私から声をかけたりしないタイプで、待ち合わせをしていても声をかけにくい。クラスにいたら仲良くなったりしないし、同じグループに属することはないと言い切れる。二年になったばかりの頃、こういう関係になる前に感じていた印象に近い仙台さんがいる。

でも、声をかけないわけにはいかない。

ため息を飲み込んで三歩足を前に出すと、仙台さんと目が合う。私が近寄る前に彼女のほうから私に近づいてきて、「宮城」と手を振った。

「ごめん。待った？」

待ち合わせの時間に遅れたわけじゃない。約束の時間までにまだ十分くらいはあるから謝る必要はないけれど、友だちなら謝っておいたほうがいいだろうと一応謝る。

「予備校から直接来たら、ちょっと早く着いちゃって」

何分待ったかは知らないが、気にしないで、と仙台さんが笑う。そして、上から下まで私を見てから言った。

「宮城、家にいるときとあんまり変わらないね」

「変える必要ないから」

「そっか」

「仙台さんは、いつもそういう感じなの？」

この前、茨木《いばらき》さんと一緒にいる仙台さんを見かけたときは、距離が離れていたからかもしれないが今とは着ている服の雰囲気が違って見えた。

なんとなく気になって尋ねてみたけれど、日によって服装が違うなんて珍しくないことで、聞くほどのことでもなかったと思う。でも、彼女はスカートをつまんでやけに真剣な顔をした。

「そうだけど変？」

「別に。なんとなく聞いただけ」

「ならいいけど。とりあえず行こっか」

ふわりとスカートを翻《ひるがえ》して、仙台さんが歩き出す。目的地は言われなくても映画館で、駅の中を少し歩いてエレベーターに乗る。何階か上へ上がってエレベーターを降りると、壁のポスターが目に入った。

「観たい映画ある？」

ポスターを見ながら、仙台《せんだい》さんが尋ねてくる。

「一応」

「あるんだ。なに？」

私は、家の本棚に並んでいる恋愛漫画が原作になっている邦画の名前を告げる。

「あー、あれかあ。羽美奈《うみな》が観たいって言ってたんだよね」

「茨木さんが？」

「ヒロインの相手役の人、好きみたいでさ」

「そうなんだ」

呟くように答えて、「仙台さんも好きなの？」と続けかける。でも、その言葉は飲み込んで、この場で最も自然な台詞《せりふ》を口にした。

「仙台さんは観たい映画あるの？」

「ある」

そう言った彼女の口から聞こえてきたのは、私が今一番聞きたくない映画のタイトルだった。

「それ、観たいの？」

「夏向きでしょ。宮城《みやぎ》はホラー大丈夫？」

大丈夫じゃない。

仙台さんが観たいという映画は、学校を舞台にした所謂《いわゆる》B級ホラー映画だ。彼女は、こういう映画を観るタイプには見えない。そして、私はホラー映画はＣＭすら観たくない。この映画を観ると言うなら今すぐ回れ右をして家へ帰りたいくらいだけれど、仙台さんに観たくないと言ったらからかわれそうで言いたくない。

「……」

「あれ、宮城ってホラー駄目な人？」

黙っている私に仙台さんが問いかけてくる。

「駄目っていうか、違う映画が観たい」

「あれだ。夜になったら、お化けが出るかもーってトイレに行けなくなるタイプだ」

「違う」

「違うなら、ホラー観る？」

楽しそうに仙台さんが言う。

こうなるから、観たくないと絶対に言いたくなかった。でも、このままホラー映画を観ることになっても困る。

「……幽霊なんかいるわけないけど、トイレから手が出てくるかもしれないじゃん」

背後になにかいる。

なにもいないことはわかっているけれど、一人で家にいるとそんな気がするときがあって怖くなる。そういうときは、トイレからなにかが出てきたっておかしくないと思う。

「宮城、親が帰ってくるの遅いんだっけ？」

遅いどころか家にはあまり帰って来ない。けれど、そんなことをわざわざ言いたくなくて口をつぐんでいると、仙台さんがくすくすと笑いながら言った。

「いいよ、宮城が観たい映画で。夜、トイレに行けなくなったら困るもんね」

「馬鹿にしてるでしょ」

「そんなことないって。子どもみたいで可愛《かわい》いなーって思ってるだけ」

「やっぱり馬鹿にしてるじゃん」

「してないって。ただ、宮城ってハッピーエンドが好きなんじゃなかったっけ？　これ、ハッピーエンドじゃないでしょ」

私が観たい映画は恋愛映画で、原作の漫画ではヒロインが死ぬ。仙台さんが言うようにハッピーエンドとは言えない終わり方をするけれど、ヒロインは片想《かたおも》いをしていた男の子と結ばれるし、後味の悪い終わり方はしない。

でも、今は映画の結末よりも仙台さんの記憶のほうが気になる。

確かに彼女の前でハッピーエンドではない恋愛小説をつまらないと言ったことがあるが、それは一度だけだ。

「よく覚えてるね」

「ネタバレされたから恨んでる」

仙台さんが冗談か本気かわからない口調で言う。

「結局、最後まで読んだくせに」

「まあね。で、映画はハッピーエンドじゃなくてもいいの？」

「ハッピーエンドじゃなくても、好きなのはあるから」

「じゃあ、チケット買おう」

私に微笑《ほほえ》みかけて仙台さんが背を向ける。

今日の彼女は、いつもよりも笑顔が多い。

友だちだから。

それが理由だとしても昨日とは違う仙台さんのせいで、私は映画が始まっても落ち着かなかった。

エンドロールまで二時間とちょっと。

最後の最後まで席を立たずに観《み》る。

隣の仙台さんも最後まで席を立たずにいた。

エンドロールを観ずに帰ってしまう人とは、相容《あいい》れない。エンドロールの最後におまけの映像が流れることもあるし、映画の余韻を楽しみたいから、仙台さんが最後まで席を立たずにいてくれる人で良かったと思う。

最初は映画に集中できなかったけれど、時間が経つと隣にいる仙台さんのことが気にならなくなった。映画を観ている間は、誰が隣にいても喋《しゃべ》る必要はないし、前だけを向いていられる。おかげで途中からとはいえ、ストーリーを追いかけることに集中できた。

「宮城、面白かった？」

館内が明るくなると同時に、仙台さんがにこやかに話しかけてくる。

「面白かったよ」

短く答えて、席を立つ。

映画は原作に忠実に作られていたわけではなかったけれど、面白かったと言っていい出来だったと思う。でも、仙台さんがどう感じたかはわからない。彼女から面白かった映画の話を聞いた記憶がないから、好みに合ったストーリーだったのか予想ができなかった。

「仙台さんは？」

歩きながら尋ねると、彼女は表情を変えずに言った。

「面白かった」

「ほんとに？」

つまらなそうな顔をしていたわけでも、嘘《うそ》をついていそうな声でもなかったが、仙台さんの態度がしっくりこなくて聞き返す。

「ほんとだって。面白かったと思うよ」

仙台さんが明るい声でいくつかのシーンを挙げて、感想を述べる。そして、もう一度面白かったと言ってから足を止めた。

「これからどうする？　どこか寄ってく？」

映画館の前、仙台さんがこれから進むべき道を決めるべく私に意見を求めてくる。

「どこかってどこ？」

映画を観た後のことは決めていない。

考えてもいなかったから、尋ね返すことになる。

「服とか、なんかそういうの見てくとか」

「仙台さんと趣味合わない」

「見るなら、宮城の好きな服でいいよ」

「別に見たい服ないし」

洋服は、クローゼットの中にある分で間に合っている。欲しい服があるわけではないし、仙台さんと服を見に行っても間が持たない気がした。

「じゃあ、なにか食べてく？」

仙台さんが柔らかに笑って私を見る。

「いいけど、なに食べるの？」

「軽いものがいいかな。なに食べたい？」

「仙台さんが決めて」

「そうだな。宮城って、甘いもの好きだよね？」

仙台さんの好きなものでいい。

そういう意味で彼女に行き先を決めてと言ったつもりだったけれど、伝わらなかったらしい。仙台さんは、目的地を私の好みに合わせようとしている。

それが悪いわけじゃない。

相手が舞香《まいか》たちだったら、素直に食べたいものを告げたはずだ。

でも、今の仙台さんに言われても嬉《うれ》しくない。

理由はわかっている。

仙台さんがやけに優しくて、ずっと笑っているからだ。

ここにいる仙台さんは、学校で見る仙台さんと変わらない。

にこにこと笑って、明るい声で話す。

今の彼女は、二年生になったばかりの頃の話をしたこともなかったクラスメイトで、私のことを認識しているかどうかもわからないクラスメイトのような気がする。待ち合わせ場所で見た仙台さんの印象は間違っていなかった。

こんな仙台さんは、私の知っている仙台さんじゃない。

「ごめん。やっぱり食べるのなしにして」

私は、目的地を駅のホームに定めて歩きだす。

「ちょっと、宮城。どこ行くの？」

ここが私の部屋だったら不満そうな声が聞こえてきたはずだけれど、後を追ってくる声は優しい声のままだ。

気持ちが悪い。

胃がムカムカしてお昼に食べたものを吐き出してしまいそうで、足を速める。

「帰る」

振り返らずに告げる。

「もう？　早くない？」

「早くない」

私にただ合わせているだけの仙台《せんだい》さんはつまらない。

こういう仙台さんと一緒にいても楽しくない。

「じゃあ、宮城の家に寄ってもいい？　時間まだあるし」

そう言って、仙台さんが私の腕を摑《つか》む。振り返ると、笑顔を貼り付けたままの彼女がいた。

「宮城が嫌なら寄らないけど、帰るのは一緒でいいよね」

「なんで？」

「なんでって、宮城の家に寄らないにしても乗る電車同じだし、帰る方向も途中まで同じだから。一緒に帰ればいいじゃん。今日は〝友だち〟でしょ」

仙台さんはまだ〝友だちごっこ〟を続けるらしく、腕を摑んだまま離そうとしない。

彼女の言うことは、それほどおかしなことじゃない。

私の家と仙台さんの家はわりと近くて、帰るなら一緒にとなるのは当然だ。けれど、一緒に帰るなら、知り合いにばったり会うことがないような遠い場所を待ち合わせ場所にした意味がない。

「そうだけど、誰かに見られたら困る」

「お盆だからみんな親戚の家にでも行ってるだろうし、偶然会うこともないでしょ」

無責任に言い切って、仙台さんが私の腕を引っ張る。

「会うかもしれないじゃん」

今日がお盆であることに間違いはないけれど、誰も彼もが親戚の家へ行くわけじゃない。

「会わないって。一緒に帰るよ」

そう言って仙台さんが私を引きずるようにして進み出すから、仕方なく彼女の隣を歩くことにする。

自分の意思なんて欠片《かけら》もなさそうなさっきまでの仙台さんよりもマシだとは思う。

少し強引で、自分の意見を通そうとする。

そういう態度は気に入らないけれど、操り人形のような仙台さんよりはいい。そう思うけれど彼女が笑顔を崩すことはなかったから、やっぱり気分が良くなかった。

歩きながら、仙台さんがなにかを話す。

相づちを打っても打たなくても彼女はなにかを話し続け、ホームで電車を待っている間も、電車に乗った後も、私に話しかけ続けていた。

ガタン、ガタンと電車が走る。

景色が流れて、家へと近づいていく。

眩《まぶ》しい街も、鮮やかな緑も、流れて見慣れた景色へと変わっていく。嫌いじゃないはずの仙台さんの声は、聞こえているはずなのに頭の中に入ってこない。車内に溢《あふ》れる雑音と混じり合って、消えていく。

ホームに着いた電車から仙台さんが降りて、私も降りる。

背の高いビルに囲まれた街へ出て、歩き慣れた道を進む。

仙台さんの家へ行った帰り、もう並んで歩くことはないと思っていた彼女がずっと隣を歩いている。でも、話は弾まないし、弾ませようとも思えない。

こういう雰囲気は嫌いだ。

気持ちと一緒に口も重くなって、上手《うま》く動かない。無理に喋ろうとすると、空気の膜が纏《まと》わり付いて口を塞ごうとする。仙台さんだって、不機嫌な私と一緒にいてもつまらないだろうと思う。

でも、彼女はずっと私の隣を歩いていて、途中で別れることはなかった。

「結局、家まできてるじゃん」

私は当然のように部屋にいる仙台さんに冷えた麦茶を出してから、テーブルの前にいる彼女の隣に座ってサイダーを飲む。

「友だち、追い返すつもり？」

「まだ友だちごっこ続けるんだ」

「今日一日は友だちでしょ」

ベッドを背もたれにして床に座った仙台さんが笑顔を貼り付けたまま言う。

いい人そうで、やな感じ。

きっと、仙台さんももう友だちの振りをすることに意味がないと気がついている。〝ごっこ〟はどこまでいっても〝ごっこ〟で、それが事実になることはない。

「仙台さん。さっきの映画、本当に面白かった？　友だちだって言うなら、本当のこと教えてよ」

映画の感想なんてどうでもいいことだけれど、嘘はつかれたくない。友だちごっこを続ける意味はないが、友だちだというのならこれくらい答えてくれたっていいと思う。

私は仙台さんを見る。

さっきまで喋り続けていた彼女が小さく息を吐く。

「……泣かせようとしているのがわかって、気になった。漫画のほうが良かったと思う」

視線を合わせずに、でも、優しい声で仙台さんが言う。

今日聞いたどれとも違う感想は、嘘を言っているようには思えない。だからといって、満足できる答えではなかった。

「これでいい？」

仙台さんが口元だけで笑って、私を見る。

面白いと思う映画が違う。

そんなことは舞香たちと映画を観に行ってもあることだから、仙台さんと映画の好みが違ってもいい。

問題は彼女の態度だ。

笑顔のままの仙台さんは、どこかよそよそしく感じる。

「やっぱり、私と仙台さんは友だちにはなれないと思う」

今日、ずっと心の中に漂っていた言葉を捕まえて口にする。

彼女と一緒に友だちとするようなことをすれば、友だちにはなれなくても崩れかけている関係を立て直せるかもしれないと思ったけれど、そんなものは気のせいだった。

友だちであろうとする仙台さんといても楽しくないし、そういう仙台さんとは一緒にいたくない。そして、そんな彼女といることを選んでまで、ねじれかけた関係を元に戻したいとは思えない。けれど、彼女は無駄な努力を続ける。

「半日も経《た》ってないのに結果出すんだ？」

穏やかに言って、仙台さんが麦茶を飲む。

「こんなこと何時間続けても変わらないでしょ」

「なにが気に入らないわけ？」

「なにもかも。今の仙台さん、気持ち悪い」

「そこまで言わなくてもいいでしょ」

最後に、はあ、と大きなため息をついて、仙台さんがグラスをテーブルに置いた。

「宮城《みやぎ》が友だちごっこしたいって言うから、リクエストに応えただけなのに」

「リクエストしたわけじゃない」

「映画行こうって誘ってきたんだから、リクエストしたようなものでしょ」

「でも、最初に映画でも観に行こうかって言ったのは仙台さんだから」

「宮城も観に行くって言ったじゃん」

恨みがましい口調でそう言うと、仙台さんがベッドに寝転がる。大の字とまではいかないけれど、行儀は良くない。スカートが皺《しわ》になりそうで気になる。

「仙台さん、人のベッドでゴロゴロしないで。スカートめくれるよ」

「宮城が変なことしなければめくれたりしないから」

やる気のなさそうな返事が聞こえて、ベッドからはみ出した腕が私にごつんと当たる。邪魔だと言っても、肩に触れているそれは動かない。私は、力の抜けた腕を掴まえる。ノースリーブのシャツから見える腕は驚くほど日に焼けていなくて、炎天下、週に三回歩いて私の家まで来ているとは思えない。白くて綺麗《きれい》な腕の先を見ると、目立たないけれど爪がネイルで飾られていた。

体に触れたら、いつものように文句を言ってきたり、不機嫌な顔をするのか気になって、仙台さんの肩に手を置く。指先で二の腕から手首まで辿《たど》って彼女を見る。視線の先、仙台さんはなにも言わないし、やる気がなさそうな顔をしたままだ。

手首よりもほんの少し上に顔を寄せる。

そのまま唇をつけると、頭を押された。

「変なことするなって言ったの、宮城だからね」

仙台さんが機嫌の悪そうな声を出して、私を睨《にら》む。

その姿に、やっと私の知っている仙台さんと会えたと思う。

やっぱり、こういう仙台さんのほうがいい。

そう感じたことは間違いないはずなのに、不機嫌な彼女を見ていると、針で刺されたようなちくりとした痛みが体に広がって、腕を掴んだまま縋《すが》るように指に力を入れた。

「ちょっと触るくらいいいでしょ」

声色を変えないように話しかける。

「触るっていうか、キスでしょ。今のは。宮城は友だちにこういうことするわけ」

「友だちにはしないけど、仙台さんは友だちじゃないから。それに、友だちごっこはもう終わってる」

すぐ側《そば》にいて、休みの日も会って。

週に何度かどうでもいい話をする私たちは、友だちになってもおかしくなかった。でも、始まりが良くなかったのか、それともこれまでの時間が間違っていたのか、仙台さんを友だちと呼ぶ世界はやってこない。

私は彼女の腕にもう一度唇を寄せる。

けれど、今度は唇が触れる前に髪を引っ張られた。

「あのさ、友だちじゃないなら、なにをしてもいいってわけじゃないから」

強い口調で言ってから、仙台さんが私のおでこをぺしんと叩《たた》く。穏やかで優しげだった彼女はどこに消えたのか、欠片も見えない。

「仙台さんがなにをしてもいいって言えば問題ないと思うけど」

問題がない、なんて嘘《うそ》だ。

こういうことを積み重ねていても、いいことはない。歯止めがきかなくなる。そんなことはわかっているけれど、仙台《せんだい》さんに触れたいという欲求に逆らうことができない。そもそも、大人しく仙台さんが自分の家へ帰っていればこんなことにはならなかった。当たり前のように私の部屋にいるから、こんなことになる。

私はため息をつくかわりに、彼女の腕に歯を立てる。

「宮城、痛い」

それほど強くは噛《か》んでいないのに、仙台さんは大げさに痛がってから「なにしてもいいって言ってない」と付け加える。

「じゃあ、早くいいって言いなよ」

「夏休みは宮城に命令する権利ないから」

面倒くさそうに言って、仙台さんが体を起こす。そして、ベッドを椅子代わりにして腰掛けると、噛み跡をいたわるように撫《な》でた。

「夏休みになってからも命令したことある」

「それは特別。今日は権利あげてない」

「権利があればいいんだ?」

命令をする権利も、こういう仙台さんを手に入れる方法も、私は知っている。だから、立ち上がって鞄《かばん》の中の財布から五千円札を取り出して、仙台さんの前に出す。

「これならいいでしょ。私の命令きいて」

「五千円渡せば、なんでも解決するわけじゃないから。それに、五千円はもうもらってる」

「それは家庭教師の分。これは今からする命令の分だから、受け取って」

納得しようとしない彼女に五千円を無理矢理渡そうとするけれど、受け取らない。それどころか、私の足を蹴って「いらない」とはっきりとした声で言った。

私は仙台さんの隣に座って、行き場のない五千円札を二人の間に置く。

「仙台さん。私のいうこと、きいて」

これはルールにない行動だから、断ることもできる。実際、仙台さんは五千円を受け取らない。ベッドの上の五千円札は、私と仙台さんに挟まれて窮屈そうに横たわり続けている。

無理かもしれない。

諦めて五千円に手を伸ばすと、仙台さんがこれ見よがしに大きく息を吐き出して、とん、と床を蹴った。

「――なにしてもいいわけじゃないけど、そんなに触りたいなら触れば」

諦めたように言って、私のほうを向く。

触っても許される場所と許される触り方は、指定されない。

私は静かに彼女の頬に触れる。

駄目だとか、嫌だとかいう声は聞こえてこない。指先で顎まで撫でて、同じように唇に触れる。顔を近づけてみても文句を言ってくるようなことはなかったから、私はそのまま唇を重ねた。

でも、軽く触れただけで、すぐに離れる。重なった唇の柔らかさも熱もわからないまま仙台さんを見ると、不満そうな声が聞こえてきた。

「今の、触るって言わないと思うんだけど」

「手だけで触るなんて言ってない」

「ほんと、むかつく」

口調は怒っているともとれるものだったけれど、彼女はベッドに腰掛けたまま動かない。

私から逃げることもなく座り続けている。

だから、私は仙台さんにもう一度唇で触れた。

彼女は友だちじゃないから、キスしたってかまわない。

詭弁《きべん》かもしれないけれど、仙台さんだって私に何度かキスしているのだから文句を言えないと思う。それに、嫌なら逃げればいい。

私はさっきよりも強く唇を重ねて、彼女の唇の感触を確かめる。

誰よりも近くにいる仙台さんの唇は、数日前と同じように柔らかい。

太陽の下を歩いて汗も混じっているはずなのに、シャンプーのいい匂いがする。

唇と唇をくっつける。

こんな単純なことがどうして気持ちいいのかはわからない。そして、もっと触れたくて、仙台さんにもっと近づきたくなる理由もわからない。

あともう少し。

彼女に触れる権利を行使し続ける。

私は仙台さんの手を摑《つか》んで、唇をもっとくっつける。柔らかさよりも熱を感じて唇を離すと、枕で頭を叩かれた。

「これ、私からはしちゃ駄目なの？」

枕を抱えて、仙台さんが私を見る。

「仙台さん、余計なことするから駄目」

ただキスをするだけならいいけれど、彼女はそうじゃない。命令したって、命令以上のことをしようとする。大体、仙台さんはそんな余計なことを私に尋ねるべきじゃない。彼女がしなければいけないことは、私を拒否することだ。

残り少ない夏休みを平穏に過ごしたいのなら、そうするべきだと思う。でも、仙台さんはキスすることが日常の一部に組み込まれているみたいに言った。

「余計なことしないならいいんだ？」

「今日は駄目」

「今日じゃなければいい日もあるってこと？」

「仙台さん、うるさい」

ごちゃごちゃといらないことばかり言う仙台さんの口を塞ぐように、顔を寄せる。

仙台さんが「宮城」と私を呼ぶ。

けれど、私は返事をせずにキスをした。

幕間《まくあい》　雨の日の宮城《みやぎ》が私にしたこと

今日は曇りのはずだった。

私は、傘を片手に昇降口の向こうを見る。

天気予報は天気の変化を予測しただけのもので、絶対に当たるというものではない。だから、雨が降っていることに驚きはない。まだ梅雨が明けていないし、曇りという予報が雨に変わったところでそんなものだと思う。こんなこともあろうかと、折りたたみ傘を持ってきているから問題はない。

――はずだった。

今日は傘があっても学校から出たくないと思う。

昇降口の外は、校内とは別世界だ。

放課後、先生に呼び出された羽美奈《うみな》を待っている間に降り出した雨は、酷《ひど》い恨みでもあるかのように街を濡《ぬ》らしている。傘なんて役に立ちそうになくて、学校の外へ出ることを躊躇《ためら》わずにはいられない。外へ出れば絶対に濡れる。親が車で迎えにきた麻理子《まりこ》はともかく、傘を持ってやってきた彼氏と歩いて帰った羽美奈はびしょ濡れになっているはずだ。

「どうしようかな」

これから向かう先が自宅なら良かった。どれだけ濡れてもシャワーを浴びてすぐに着替えればそれで済む。でも、私がこれから向かわなければいけないのは宮城の家だ。彼女に言えばバスルームも着替えも貸してくれそうではあるけれど、借りたくない。黙って貸してくれないだろうし、命令がろくでもないものに変わりそうな気がする。

私は少し迷ってからスマホを取り出す。

雨が酷いから今日は行けない、と送りかけてやめる。

メッセージを送るのは宮城の役目で、私の役目ではない。

おかえりを誰も言わない家と、愛想《あいそ》がないけれど麦茶を出してくれる宮城がいる家。

どちらが居心地がいいかは考えるまでもない。

雨に濡れるなんてことは些細《ささい》なことかもしれないと思う。

着替えについては宮城の家に着いてから考えることにして、スマホをしまう。傘を差して昇降口を出る。案の定、傘が役に立たない。バケツをひっくり返したというと言い過ぎだが、外を歩きたくないような雨が私を濡らす。

さすがに雨が酷すぎる。

それでも私の足は自分の家へは向かわない。歩く速度を上げ、ネクタイで人を縛って、足を舐《な》めろと言うような宮城の家へ向かう。命令に従うというルールに不満はないけれど、酷い雨に降られてまで彼女の元へ行こうとしている自分が理解できない。

先が見えない雨の中、宮城が住むマンションにどんどん近づいていく。

制服が冷たい。

七月ではあるけれど、濡れた制服を着ていると夏が酷く遠いものに思えてくる。

最近の私たちは良くない方向へ向かっている。

引き返すなら今だ。

まだ間に合う。

そう思うのに足は速度を緩めてくれない。

気がつけば、私は傘を閉じ、宮城が住むマンションのエントランスに立っていて、機械的にインターホンを押していた。不機嫌な宮城により、エントランスのロックが解除され、私はエレベーターに乗る。ブラウスが体に張り付いて気持ちが悪い。ため息を飲み込んで、六階でエレベーターを降り、宮城の家に入ると、平坦《へいたん》な声が私を出迎えた。

「傘、持ってなかったの？」

「持ってるの見たらわかるよね。悪いけど、タオル貸してくれる？」

「そのまま入って。服貸すから中で着替えれば」

玄関で宮城が当然のように言う。

「廊下濡れるよ?」

私は誰が見てもわかるほど濡れている。靴を脱いで一歩歩けば、廊下に足跡が一つ付く。二歩歩けば二つと、足跡をたくさん付けるだろうし、制服からも水が滴《したた》りそうだと思う。タオルで制服を拭いても廊下が濡れるかもしれないが、拭かないよりはマシなはずだ。

「別にいいよ。濡れても拭けばいいだけだから」

宮城がやけに真面目に言って、私を見る。

「良くないよ。タオル貸して」

「じゃあ、タオルと着替え持ってくるから、ここで着替えたら」

「ここで?」

「ここで。私以外誰もいないし、誰も来ないから。それにタオルで拭いても服が乾くわけじゃないし、仙台《せんだい》さんが制服のまま歩いたら廊下も部屋も濡れるでしょ」

彼女の言葉は正しい。

タオルなんて気休めにしかならない。腕や足は拭けばなんとかなっても、制服は拭いてもどうにもならないほど濡れている。タオルを借りても足跡が付かなくなるくらいのものだと思う。

そんなことはわかっているけれど、彼女に従いたくないのは、その言葉のすべてが正しいわけではないからだ。

ここは宮城の家の玄関で、玄関は服を脱ぐ場所ではない。そして、宮城以外誰もいないし、誰もこないこの家には、宮城がいる。私の目の前で、私を見ている宮城がいる。

部屋に戻っているから、だとか、ここからいなくなるから、だとか。

ここで着替えろというなら、宮城はそういう言葉を付け加えるべきだと思う。でも、彼女は付け加えない。そうすることをあえて避けているように見える。それは、宮城が〝この場所に自分がいる〟ことにこだわっているように見えて、彼女に従おうとは思えない。

「玄関で服脱ぐ趣味ないから」

宮城の言葉を打ち消すように言う。

「廊下が濡れることを心配するなら、ここで脱いでよ」

「タオル貸して」

今の望みをはっきりと伝える。

過去に何度かブラウスのボタンを宮城に外されたことがあるけれど、あれは自分で外したボタンではないから良かった。でも、今日は違う。自分の意思で、ブラウスのボタンを外し、制服を脱がなければいけない。それも宮城がいるこの場所でだ。

この場所にいることにこだわっているように見える宮城の前で命令でもないのに制服を脱ぐのは、学校で着替えるのとは違う。服を着替えるだけのことが別の意味を持ちそうで、私は彼女を否定するように見た。

「持ってくるから待ってて」

諦めたのか、なにか思うところがあるのか、宮城はそう言うと、タオルを持ってくるために自室へ消えた。

「……制服、どうしようかな」

気持ちが悪いし、着替えたいと思う。

本当は服を貸してくれるという宮城の言葉に従うべきで、彼女がいても着替えてしまえばいいことはわかっている。自分の意思で脱ぐということに引っかかりを感じているほうがおかしい。

雨が降らなければ良かったのに。

晴れていたら、制服を脱げと宮城に言われることはなかった。冷たい制服を不快に思うことも、彼女の言葉の裏に隠れているものを探ろうとすることもなかったはずだ。

「あー、もう」

私は髪を結んでいるゴムを取る。

キスをしても私たちの間に大きな変化はなかった。耳を舐められたり、ネクタイで縛られて「仙台さんがやらしいから」なんてことも言われたけれど、それだけだ。

ただ、少し、命令される側の私にそうしたことが一方的に降り積もって、意識が引っ張られている。わかっている。私は意識しすぎている。気にしなくてもいいことを大きく捉えているのだと思う。

私が考えても仕方がないことを考え続けていると、宮城が部屋から戻ってきて「はい」とバスタオルを渡してくる。

「ありがと」

お礼を言って差し出されたものを受け取り、髪を拭く。

「仙台さん、制服どうするの？」

宮城が私をじっと見ながら言う。

どうやら彼女には私を見ないという選択肢はないらしい。

「拭くからそれでいい」

「良くない」

「宮城、しつこい」

「着替え貸すから脱ぎなよ」

「……そんなに脱がせたいの？」

「そうだよ。そのままだと風邪引く」

傘を差しても役に立たない大雨に濡れながらここまで歩いてきた。

濡れた制服も脱いでいない。

もうすでに風邪を引いていてもおかしくないと思う。

「動かないで」

宮城が静かに言って、私の手を摑《つか》む。

彼女の視線は濡れたブラウスに張り付いていて、彼女がなにをしたがっているのか言われなくてもわかる。

「命令？」

尋ねると、当たり前のように「そう、命令」と返ってくる。

たぶん、この先にあるのは着替えという行為からはほど遠い行為だ。

宮城の手を振り払うべきだと思う。

消しゴム探しなんて馬鹿みたいなゲームをした日、私は宮城に〝服は脱がさない〟という項目をルールへ付け加えろと言ったはずだから、これはルールを破る行為だと言うだけでいい。そうすれば「動かないで」という命令をなかったことにすることができる。

でも、私の口は動かず、宮城《みやぎ》が掴んでいた私の手を離す。自由になった手は、宮城を押して遠ざけることもなく自然に下がる。いいと言っていないのに、彼女の手は私のネクタイをほどく。そして、まだ私が外していないブラウスの二つ目のボタンを外した。

命令を受け入れる理由はある。

このまま濡《ぬ》れた制服を着ていたら風邪を引くから着替える。

これは間違いのないことで、正しいことだ。

「着替え持ってない」

私から視線を外そうとしない宮城を見て告げる。

正しさの証明には着替えがいる。

濡れた制服を脱いだら、乾いた服を着なくてはいけない。

「さっきから言ってるけど、私の服貸すから」

私がこの家で普段外さない三つ目のボタンに宮城の手が触れる。

彼女はあまり楽しそうな顔はしていない。

この状況もそういう彼女も面白くはない。だからといって、命令された私は抵抗もできない。

宮城の手が三つ目のボタンをゆっくりと外し、四つ目のボタンへと向かう。

服は脱がさないという新しいルールを持ち出そうか迷うけれど、その曖昧さを思い出す。実際はルールに加えてと言っただけで、合意を得たわけではない。だから、この手は止めなくてもいい。濡れた制服を脱ぐのは当然のことだ。宮城は人の家の玄関で制服が脱げない私を手伝っているだけで、正しいことをしている。

この行為はなにも間違っていない。

私が正しさの確認をしている間に、宮城の手がボタンをすべて外し、ブラウスの前を開く。彼女の視線は私に向いたままで、濡れた体に張り付いている。

別にいい。

同じクラスだったことがある私と宮城は、同じ場所で着替えたことがある。彼女がどういう下着をつけていたとか、どういう体をしていたとか、そんなことは記憶にないけれど、そういう過去があったのだから下着くらい見られてもたいしたことはない。気にするほうがおかしいはずなのに、私は見られてもいい理由を探している。

今日の私はどうかしている。

それは雨が降ったからかもしれないし、宮城が私を見ているからかもしれない。もしかすると、冷たい体が判断を狂わせているのかもしれない。

宮城の手がブラのストラップに触れる。

そのまま少しストラップがずらされて、体が一瞬硬くなる。

彼女の手を止めるべきだと思う。けれど、動かないでと命令されているから私は動けないし、制服だけではなく下着も濡れているから脱がされても仕方がない。

そう、仕方がないんだ。

小さく息を吸って吐く。

でも、宮城の手はストラップをずらすこともブラを外すこともなく離れていく。

「抵抗しないの？」

宮城がここまでしておいて頼りないことを言う。

「動くなって命令したの、宮城でしょ」

「抵抗したかったらすれば」

「約束破ったら抵抗する」

「これはルール違反じゃないんだ？」

「制服が濡れてなかったら、張り倒してた」

雨が降って、制服が濡れて。

放っておくと風邪を引く。

追加されたのかよくわからない曖昧なルールに従わなくてもいい理由がある。

「特例ってこと？」

「そう。このままだと風邪引くって話だしね」

「でも、まだ五千円渡してない」

宮城は意気地がない。命令をしてなにをするのかを決めるのは彼女なのに、それから逃げるように言葉を探している。

「渡さないつもり？」

「後から渡す」

言い訳のような台詞《せりふ》が聞こえてから、胸の上に宮城の手のひらがぺたりと押しつけられる。

温かい。

でも、おかしい。

私を温める宮城の手は冷え切った体の外側にくっついているのに、体の中が熱い。直接心臓を触られているみたいに熱くて、この場から逃げ出したくなる。でも、体は動こうとしない。宮城の手のひらにくっついているみたいに動かない。ただ心臓だけがいつもより速く動いている。

「仙台《せんだい》さん、冷たい」

　ぼそりと宮城が言う。

「濡れたから」

　当たり前の言葉を返して、私を見ている宮城をじっと見る。彼女は私の視線に気がついていないかのように、その手で私の頬に触れ、唇に触れ、離す。

　私たちは〝正しい〟から遠ざかっている。

　濡れた制服を脱がすという行為は、私が風邪を引かないようにという言葉にすり替えることができる。でも、それ以上の行為は説明ができない。宮城が私を必要以上に見つめていることも、手が頬や唇に触れることも、正しい行為ではない。

　宮城が私に与えた理由が消えている。

　だから、私は宮城を止めなければいけないし、彼女を受け入れるべきではないと思う。そう思うのに宮城がふらふらしているから、私も同調するようにふらふらする。彼女の行為を許容し続けている。

　ネクタイで私の手を縛るような酷《ひど》い命令だったら、文句を言うこともできる。ブラも躊躇《ためら》わずに外してくれたら、こんなことに付き合っていられないと家に帰ることができた。

　でも、そのどれもせずに中途半端《ちゅうとはんぱ》に命令して、迷ったように手を止めるから、彼女に引っ張られる。

今もやめておけばいいのに意思に反した手が宮城に伸び、その頬に触れる。

「宮城はあったかいね」

これは正しくない温かさだ。冷えた体は冷えたままでいるべきで、そうしていれば熱くなった体の中も冷える。わかっているのに私の手は宮城に触れ続け、彼女がしたように唇に触れるか迷う。

宮城の手が私の手に触れ、摑む。

ぐっと引き寄せられて顔が近づく。

目が合って、彼女がなにをしたいのかなんとなくわかる。

このまま目を閉じれば唇が触れあう。

宮城がまた少し近づいてくる。

目に映った彼女は近すぎてそのすべてが見えないのに、よくわかることがある。

宮城は、家にいるのに制服を着ている。

いつもそうだ。

制服以外の宮城を見たことがない。

この家でいつもと違う彼女が見たいと思う。

たとえば、私と同じようにネクタイをほどいてブラウスのボタンを全部外した宮城が。私だけが脱がされているという今の状況は不公平すぎる。だから、同じになればいいなんて馬鹿なことが頭に浮かぶ。

私のよからぬ考えが伝わったのか、宮城が摑んでいた私の手を離して後ろへ下がる。そして、また私のブラウスの前を開いた。

宮城が小さく息を吐く。

胸元に彼女の唇が触れる。強く吸われ、私と宮城の熱が交わる。雨が私の理性を流してしまったかのように温かい宮城にもっと触れたくなって、彼女の肩を摑む。

――駄目だ。

そう思いながら宮城の体を引き寄せかけたとき、彼女の唇が私から離れた。

宮城の指先が今まで唇が触れていた場所に触れ、柔らかく撫《な》でてから強く押してくる。おそらくそこには過去に彼女が私の腕につけたような赤い跡がついていて、指先はそれを確かめている。

宮城もわかっていると思うけれど、これは腕につけたキスマークとは違う。跡が消えても、心に消えない染《し》みを作るものだ。私だけではない。おそらく、きっと、宮城にも残る。曖昧ではあるけれど、ルールに則したとは言えない行為の報いとして残り続ける。

宮城がまた顔を近づけてくる。

唇がくっついて、私は彼女の肩を摑《つか》む手に力を込めた。

「脱がすんじゃなかったの？」

私の声に反応するように宮城が顔を上げる。

「跡、そんなに長く残らないと思うから」

脱がす、という言葉に返事はない。それはほっとすべきことで、実際ほっとしている。けれど、心のどこかで落胆してもいて、迷走している思考に出そうになるため息を飲み込む。

「これくらいならすぐ消えるからいいよ」

そう言うと、宮城がばつの悪そうな顔をして私から離れた。

「着替え持ってくる」

小さな声とともに、宮城が私に背を向ける。

その背中に、本屋で宮城と会った日のことを思い出す。

雨が降りそうだったあの日見た宮城の背中と、今日の背中は違うけれど、私は彼女の背中を見たあの日に〝宮城の部屋〟という居場所を手に入れた。

じゃあ、今日はなにを手に入れたんだろう。

――考えないほうがいい。

私は開きっぱなしになっているブラウスをぎゅっと握りしめた。

第8話　友だちではない宮城《みやぎ》がすること

宮城と友だちごっこをして、彼女の家に寄って、キスをした。

昨日したことはそれだけで、宮城に渡された五千円札は貯金箱の中にある。五千円はキスの対価だ。そして、五千円は対価としては多すぎる。

いらない。

キスの後、何度かそう言ったけれど、宮城は引かなかった。無理矢理渡された五千円札は貯金箱をほんの少しだけ重くして、私は今日、よく眠れないまま宮城の家に来ている。

簡単に言えば、睡眠が不足していて頭が回らない。

居眠りをするほどではないけれど、瞼《まぶた》が重くて宮城のベッドに横になる。目を閉じるといつもは気にならない宮城の匂いが気になって、眠たかったはずの頭が冴《さ》える。

本当に嫌になる。

眠れなかった理由はいくつもある。

その理由を口にしたところで睡眠不足が解消されるわけではないから一つ一つ挙げ連ね

たりはしないが、大雑把にまとめると宮城のせいだ。勉強が一段落して休憩している今も、彼女のせいでうたた寝もできない。部屋の主《あるじ》はいないから文句を言うこともできず、寝返りを打つ。

宮城は今ごろキッチンで、空になったグラスにサイダーと麦茶を注いでいるはずだ。

炭酸が嫌いだと告げてから、宮城は馬鹿の一つ覚えみたいに麦茶を私に出し続けている。ほかに飲みたいものはないのかとか、好きな飲みものはなんだとか聞かれたことはない。一年を超えた今も一緒にいるのだからもう少し興味を持ってくれてもいいと思うけれど、私も宮城にそんなことを聞いたことがないからお互い様なのかもしれない。

目をぎゅっと閉じて耳を澄ますと、廊下を歩く音が聞こえてくる。

すぐにドアが開く音がして、宮城の呆《あき》れたような声が耳に響いた。

「仙台さん、寝ないでよ」

「起きてる」

彼女のベッドを占領したまま答えると、テーブルにグラスを置いたらしいカタッという硬い音が聞こえた。

「目、開いてないじゃん」

「休憩中だから、目を開けてなくてもいいの」

声の方向に体を向けて、背中を丸める。

「仙台さん、起きなよ」

声が思ったよりも近くで聞こえて、ぺたり、と頬を触られる。

目を開けると、宮城がベッドの前に座っていた。

昨日もそうだったが、友だちになれないという宮城は軽率に私に触れる。

ずっと機嫌が悪かったくせに勝手なヤツ。

昨日の宮城は私が気に入らなかったらしく、私を置いて帰ろうとした。友だちごっこをするという彼女に合わせて機嫌を損ねないようにしたにもかかわらず、だ。私には、なにが悪かったのか未《いま》だにわからない。

過去に宮城から友だちではないと言われたことがあるが、今回はこの先も友だちになることはないというようなことを言われた挙げ句、気持ちが悪いという言葉までつけられた。

さすがに面白くない。

本人がまったく気にしていないように見えるのも、腹立たしい。でも、友だちという言葉が私たちにあまりにも馴染《なじ》まなかったことは事実だ。

どこが、と言われても困る。

空気も、距離も、なにもかもがずれているような気がする。

友だちという言葉は、一番近くて一番遠いものに見えて、私たちの間にぴたりとはまらない。小さすぎるようでいて大きすぎるようにも感じられるピースは、収まる場所がなかった。

「問題集、まだ終わってない」

宮城が静かに言って、手を頬から首筋へと滑らせる。くすぐったいと言う前に、鎖骨の上で止まって手のひらを軽く押しつけられた。

「先にやってて」

「わかんないところあるし」

自分から問題集のことを持ち出してきたくせに、宮城は私のほうを向いたまま動かない。やらなければいけない問題集は、彼女の後ろにあるテーブルの上だ。見る方向が違う。

宮城とは、本屋で会わなかったら友だちになるどころか話すこともなかったはずだ。こうして触れられることなんてないまま、卒業式を迎えることになったと思う。

もともと友だちになるタイプではなかった。それでも彼女との関係が友だちというものに落ち着くならそれが一番いいことだと思ったが、今となってはそういう結末を迎える可能性はないように思える。

私は、鎖骨の上にある宮城の手に手を重ねる。

「なに？」

宮城が低い声で言って手を引こうとするから、その手をぎゅっと握って尋ねる。

「今、ドキドキしてる？」

「……今？」

「そう、今」

「……今はしてないけど」

「けど？」

「仙台《せんだい》さんはどうなの？　今、ドキドキしてる？」

「してないかな」

側《そば》にいると意識はするけれど、今は心臓がうるさく感じるほどドキドキしたりはしていない。ついでに言えば、宮城と手を繋《つな》いで街を歩きたいというわけでもない。でも、そんな宮城の隣が私の居場所になっていて、そのことに不満も違和感もない。

私は宮城の手を解放して、指先で彼女の唇に触れる。

「今日もキスしようと思ってるわけ？」

静かに尋ねると、静かに答えが返ってくる。

「……思ってたらいけない？」

「さあ、どうだろ」

これは正しい。

これは間違っている。

すべてを二つのうちのどちらかに分類できればいいけれど、世の中には分類できないものがある。そして、宮城との間にあるものは、圧倒的に分類できないもののほうが多い。綺麗《きれい》に色分けできない混じり合った色をした答えは、曖昧すぎて不安定だ。無理に仕分けようとしたら、壊れて消えてしまいそうで怖い。だったら、カテゴライズするよりは放っておいたほうがいい。それに宮城は、私が「思っていたらいけない」と答えても私のいうことをきいたりしない。

「宮城。問題集のわからないところ、教えてあげる」

体を起こして、テーブルの上に視線をやる。

宮城がわからないという問題の解き方を教えたら、新学期の予習をして今日の勉強は終わりだ。

そんなことを考えながらベッドから下りようとするが、先に宮城が立ち上がって机の中からなにか出してくる。

「これ」

ぶっきらぼうに宮城が言って、五千円札を私に渡そうとした。

どうやら問題集の続きはどうでもよくなったらしい。私はベッドに腰掛けて宮城を見る。

「いらない」

「受け取って」

「お金渡せばいいと思ってるでしょ」

「間違ってないと思うけど」

宮城の言葉は〝正しくて間違っている〟分類できない言葉だ。

五千円は私たちを繋ぐために必要なものではあるけれど、夏休みにこの五千円は必要ない。家庭教師代という名目ですでに五千円をもらっているから、それ以上はもらいすぎにあたる。

「命令したいことがあるなら、すれば。最近はそんなに勉強教えてないし、家庭教師代に命令する権利が含まれてるってことでいいよ」

手がかからなくなったと言ったら偉そうだが、宮城が私に「わからない」という回数は明らかに減っている。新学期は成績が上がるはずだ。

「それとこれとは別問題だから。受け取って」

宮城が当然のような顔をして、五千円札を私の膝の上に置く。

この五千円は、夏休み前の五千円とは違う。

話の流れからして、昨日の五千円と同じ種類のものだ。

命令の先にあるものはおそらくキスで、キスくらいなら五千円はいらない。家庭教師代に含まれていることにしてくれたほうが気が楽だ。わざわざ払われる五千円は、たいしたことではないことをたいしたことにしそうな気がする。

「いらないから」

強く言うと、宮城の瞳が揺らいだ。

彼女の目に不安が見て取れて、私は大きく息を吐く。

おそらく、ここまでしたのに断られたくないとか、そういうことなのだと思う。

私は膝の上の五千円札を四つに折って、一度ベッドに置く。

「受け取るから、命令しなよ」

平坦《へいたん》な声で言うと、宮城がほっとしたような顔をした。

どうせ、たいしたことはしてこない。

偉そうに命令するくせに、宮城には臆病なところがある。

「じゃあ」

命令の前置きというように言って、宮城が私をじっと見る。そして、しばらくしてから

「動かないで」と何度も聞いたことのある命令を口にした。

これから私がされることは予想通りのことに違いない。

言うと思った。

宮城《みやぎ》、と呼んで彼女を見る。

夕方と言うべき時間だというのに、窓から入り込む光が明るい。

太陽が昼に近い暑苦しさで街を照らしていることがわかる。

「カーテン、閉めなくていいの？」

カーテンが開いたままだとか、閉まっているだとか、そんなことは些細《ささい》なことで、マンションの一室を凝視している人がいるとは思えない。けれど、今日はそんな些細なことが気になる。

「黙ってて」

宮城が面倒くさそうに言い、カーテンを閉めて部屋の電気を一つ明るくする。そして、ベッドを椅子代わりにしている私の前に立った。

必然的に彼女を見上げることになった私の髪に、宮城の手が触れる。編んでも、結んでもいない髪を梳《す》くようにしてから、自信がなさそうな顔をした宮城が唇を寄せてくる。

こういうところがわからないと思う。

この前は当たり前のように顔を寄せてきたのに、今日は近寄ることに躊躇《ためら》いが見える。五千円を強引に渡して、キスをする準備を整えたくせに、初めてキスをするみたいに煮え切らない態度を取るのはおかしい。

「目、閉じてよ」

家の前でうろうろとしている野良猫《のらねこ》みたいに思い切りが悪い宮城を見ていると、乱暴に言われる。それでも目を閉じずにいると、宮城が私の目を手のひらで覆った。明るい部屋が一気に暗くなって、唇に柔らかな感触が降ってくる。

昨日と変わらない。

少し乾いた唇がそっと触れて、目を塞ぐ手と一緒にすぐに離れる。

唇が触れ合っていたのは本当に短い時間で、シュークリームみたいなふわふわとした感触くらいしか記憶に残らない。宮城とは何度かキスをしたけれど、彼女は触れるだけのキスしかしてこない。と言うよりも、私がそれ以上のことをしようとすると嫌がる。この前は噛《か》みつかれた。そのくせ、物足りないような顔で私を見る。今だってそうだ。

「宮城」

名前を呼んで手を伸ばすと、触れる前に命令される。

「そのまま座ってて」

そう言って、宮城が隣に腰をかける。けれど、そんな命令をしなくても逃げたりしない。

「座ってるのはいいけど、なにするの？」

口にした質問に答えが返ってくることはなく、そのかわりとでもいうように太ももを触られる。

ショートパンツなんて穿《は》いてくるんじゃなかった。

そっと動く指先に、もっと違う服を選べば良かったと後悔する。

するすると肌の上を滑る手は、深い意味を感じるようなものではなかった。医者が患者に触るような事務的な触り方に似ている。それでも触られたら意識が手のほうへ向く。

気持ち悪いとくすぐったいの間くらい。

脳が宮城の手が与えてくる感覚をそう認識する。

彼女の手は太ももから膝へと下りていく。

私は遠慮なく触り続ける宮城の手を摑《つか》まえる。

「動かないでって言ったよね」

感情を抑えた声が聞こえ、手を払われる。

「くすぐったいから無理」

命令に従わなかった理由を告げると、宮城が眉根を寄せた。

不満そうに私を見てから、膝を撫《な》でてくる。

やっぱり、気持ちが悪いようなくすぐったいようなどちらとも言えない感じがして、私は宮城の手首を掴む。それが気に入らなかったのか、宮城が私の手をほどいて距離を一気に詰めてくる。おかげで、目を閉じることもできずに彼女の唇を感じることになった。

手が腰骨を掴んでくる。

ぞくりとして目を閉じると、押しつけられた唇の感触がより鮮明になる。繋がっている部分が溶けてしまいそうなほど熱くて、理性を手放したくなる。

こういう命令が良いのか悪いのかは別にして、キスすることに文句はない。ただ、キスをされるのは苦手な部類に入ると思う。

キスはするときよりもされるときのほうが宮城にもっと触れたくなって、悪いことをしているような気持ちになる。気持ちの良さは変わらないけれど、なんだか気持ちが落ち着かない。

宮城の腕をぎゅっと掴むと、唇が離れる。それを追いかけるようにして顔を寄せると、手のひらで口を覆われた。

「仙台さん、勝手なことしようとしないでよ」

私は彼女の手をべりべりと剝いで尋ねる。

「一つ聞いてもいい？」

「駄目」

「キスしたがるの、どうして？」

即答した宮城を無視して、問いかける。

「駄目って言ったじゃん」

答えるつもりがないらしく低い声が返ってくるが、少し間があってから、言うまでもないことだというように小さな声で言葉が付け足された。

「キスしたくないなら逃げればいい」

「宮城が命令するから逃げられない」

「それ、したくないってこと？」

「そう思う？」

「質問に質問で返しちゃいけないって言ったの、仙台《せんだい》さんでしょ」

過去に私が言った言葉が持ち出される。

「じゃあ、答え。命令しないでキスしてみれば」

「自分で試して答えを確かめろってこと？」

「そういうこと」

知っている。

こういうとき、宮城は絶対に逃げる。

だから、キスはしてこない。

「夕飯、なにか作ってよ」

案の定、宮城が話をそらすようにぼそりと言った。

答えを知っているくせに意気地がないと思う。

フレンチトーストを作った日、宮城がしようとしたキスから逃げなかったことが答えで、私は宮城とするキスは嫌いではない。

「キスはいいの？」

「お腹《なか》空《す》いた」

「まだ夕飯には早いと思うけど」

話をそらし続ける宮城を捕まえようとするけれど、私から逃げるように彼女は立ち上がった。

「早くてもいいじゃん」

断言して、宮城が部屋から出る。そうなったら私もキッチンへ向かうしかなく、彼女のあとをついていく。そして、夕飯を作れと言った彼女に従うために、冷蔵庫の中身を確かめる。

「卵しかないけど」

カウンターテーブルに座っている宮城に声をかける。

「空じゃないからいいでしょ」

「ていうか、宮城って毎日なに食べて生きてるわけ」

「夜、仙台さんに出してるようなもの」

「……だよね」

過去に何度か開けた冷蔵庫には、食材がほとんど入っていなかったし、それがたまたまだとは思えない。私がこの家で夕飯を食べて帰るとき、彼女はレトルト食品だとか、冷凍食品だとか手間の掛からないものを出してくる。それに宮城は料理が下手だ。上手《うま》くなろうという気持ちもない。

健康に良いとは言えない食生活が垣間見《かいまみ》えるけれど、今のところ具合が悪そうな宮城というものを見たことはなかった。この先も彼女が健康でいられるのか知らないが、私が口を挟む問題ではない。ときどき料理を作るくらいはしてもいいと思ってはいるけれど、宮城が今日のようにそれを望むことはあまりなかった。

私は冷蔵庫の中身と過去に卵焼きを作ったことを加味して、それほど多くないレパートリーリーの中からオムライスをチョイスする。

フライパンを火にかけて、油を引く。

具材があればと思うが、ないものはどうしようもない。大人しく、冷蔵庫から出してきたケチャップでご飯だけを炒《いた》める。

卵はフレンチトーストを作ったときに使った死にかけのバターでオムレツにして、ケチャップライスの上にのせる。ただ、オムレツは焼きすぎたらしく、それらしく包丁で切れ目を入れても卵がとろけだすことはなかった。

お腹の中に入ったら一緒だし、いいか。

カウンターテーブル越しにキッチンを眺めている宮城に「できたよ」と声をかけてから、お皿とスプーンを運ぶ。

夕飯には少し早いような気がするけれど、彼女の隣に座る。「いただきます」という言葉が重なって、カチャカチャとスプーンがお皿に当たる音が部屋に響く。一口、二口とオムライスを口に運び、三分の一ほど食べてから隣を見た。

「宮城の家っていつも誰もいないけど、親っていつ帰ってくるの？」

踏み込みすぎないように、気になっていたことの一つを聞いてみる。

「まだ帰って来ない」

小さな声で、微妙にずれた答えが返ってくる。

今まで言わなかったということは聞かれたくなかったということで、私は「そっか」とだけ答えて話を切り上げる。

答えたくないなら、それ以上追及するつもりはない。

一人でいることが怖くてなにかいるかもしれないと宮城《みやぎ》が思うような夜、それが終わる時間がいつなのか知りたいとほんの少し思っただけだ。

出来損ないのオムライスをスプーンですくう。

ちょっとした興味が満たされることは期待していない。

私は宮城が黙ってオムライスを食べているところを見てから、スプーンを口に運んだ。

◇◇◇

今年は、去年よりも夏休みが短く感じる。

一週間の約半分。

週に三回、宮城の部屋で過ごしていることがその理由だと思う。

羽美奈《うみな》たちと過ごす時間よりも、宮城と一緒にいる時間のほうが長くなるなんて去年の今ごろは思いもしなかった。初めて宮城の部屋に来た日に決めた〝休みの日には会わない〟という約束を変えてまで、彼女の部屋に来る未来なんて予想できるわけがない。

私は、教科書を閉じていつの間にか合図になってしまった言葉を口にする。

「休憩する？」

「うん」

宮城が短く答えて立ち上がる。

オムライスを作った日から二週間近くの時間が経《た》って、私たちはブレーキが壊れた自転車のように友だちではない行為を続けている。

「これ」

宮城がカーテンを閉めて、五千円札を渡してくる。

積極的に受け取りたいものではないけれど、いつの間にか受け取ることがルールに組み込まれてしまっているから「ありがとう」と言って受け取る。

友だちになることができない。

二人で映画を観に行って、それを認めざるを得ない形になってしまったことが良くなかった。お互いが友だちにはなれないよくわからないモノになってしまったことが、触れ合うことへの免罪符になっている。

この部屋ですることが増えても、夏休みに組み込まれた勉強をするという決まりはなくなっていない。休みの日は会わないという約束を上書きするために使った家庭教師という建前は必要で、勉強だけは続けている。

毎回、こういうことをしているわけではない。

休憩しない日はそういうことをしない日。

休憩する日はそういうことをする日。

決めたわけではないがなんとなくそんなことになっていて、どちらかが合図の言葉を口にする。

私は受け取った五千円札を財布にしまって、ベッドに腰掛ける。宮城の定位置は私の隣で、今日も当たり前のように隣に座ってくる。

友だちではない行為と言っても、たいしたことはしない。触れるだけのキスをして、骨格標本を触るように少し体を触るくらいで終わる。それも宮城からしてくるだけで、彼女が駄目だと言うから私からはしないことになっている。

本当にたいしたことではない。

ショートパンツでこの部屋に来ることはやめたけれど。

「仙台さん、こっち向いて」

腕を軽く引っ張られて宮城を見ると、「目閉じて」と付け加えられる。逆らう理由はないから、大人しくいうことをきく。

世界が暗くなってから数秒。

唇に柔らかなものが当たって離れる。

キスを待つ時間よりも、キスをしている時間のほうが短い。目を開けると「開けていいって言ってない」と不満そうな声が聞こえて、もう一度キスをされる。

唇が重なることが当たり前のようになっているけれど、宮城がキスをしたがる理由は今もわからない。

「目、しばらく閉じたままでいて」

そう言って、宮城が犬か猫がじゃれついてくるようにキスを繰り返す。

唇から伝わってくる体温を心地いいと思えば思うほど、良くないことをしているような気がしてくる。清く正しい関係を求めているわけではないが、財布に入っている五千円札のことを考えると心に雲がかかったような気分になる。

それでも触れてくる唇が気持ち良くて、宮城の腕を摑《つか》む。

唇が離れて、目を開く。

追いかけるように彼女の腕を引き寄せて唇を寄せると、顔を背けられる。けれど、そのまま宮城の頬に唇を押しつけると足を蹴られた。

「余計なことしないでって、何度も言ってるよね。あと、まだ目を開けていいって言ってない」

「そうだっけ？」

「そう」

宮城が強く言って、私を睨《にら》む。

命令をする権利は宮城にあって、私にはない。

「そんなのどっちでもいいじゃん。別に」

宮城の腕を離して、軽く言う。

五千円を受け取ることを快く思わない私は、素直に宮城の命令に従い続けることができない。何度か命令に背いて、こうして彼女に睨まれている。

「よくない」

私を否定する声が聞こえてくるが、それほど不機嫌な声ではなかった。

たぶん、こんなことも休憩に含まれている。

これは、ちょっとした暇つぶしの延長だ。

休憩をしない日があるのは、宮城にも罪悪感があるからだと思う。

こういうことは夏休みの間だけのこと。

来週で終わる。

夏休みも、こんなことも。

新学期が始まれば、一学期と同じような毎日が始まるはずだ。

今は時間が有り余っているから、おかしなことになっている。私たちは、勉強だけをするには長い時間を、友だちではない相手とどうやって潰せばいいのか知らないだけだ。

「仙台《せんだい》さん、反省してないよね」

ぼそりと言って、宮城が私を見る。

「してるよ」

「嘘《うそ》ばっかり。ちょっと待ってて」

宮城が立ち上がって、クローゼットを開ける。

ごそごそと中からなにかを引っ張り出してから、こちらを向く。

「そっちに行くから、背中向けて」

そう言う宮城はネクタイを持っていて、私はこれから起こることを知る。宮城の手にある見慣れた制服のネクタイが、正しい使い方をされることはないはずだ。

「これから学校に行くつもり？」

背中を向けずに問いかける。

「用もないのに学校行ったりしないし、これを使うのは私じゃなくて仙台さんだから」

「そういう命令、ありなんだ？」

夏休み前の五千円は、宮城が私の放課後を買って命令をするためのものだった。けれど、映画を観《み》た後に渡されるようになった五千円には違う意味が付加されている。命令の先にはキスだったり、体に触れることだったりするものがあって、今日も宮城は命令をする権利を行使して、そういうことをしてくるのだと思っていた。

「そういうって？」

「ネクタイ使って縛るって命令」

「どういう命令だって、命令にはかわりないでしょ。なにされるかわかってるなら、早く背中向けてよ」

隣に戻ってきた宮城が私の肩を叩《たた》く。

「使い方を改めるつもりはないわけ？」

「ネクタイが嫌なら、今度はロープでも用意しておこうか？」

「遠慮しとく」

命令の内容は厳密に決めたわけではない。

縛られたいわけではないが、ベッドに腰掛けたまま宮城に背中を向けて手を後ろに回す。五千円をもらっているし、今さら断ることができるとも思えない。それにこのまま無駄な抵抗を続けていたら、本当にロープを用意しそうな気がする。ありがたくないことだが、宮城にはわけのわからない思い切りの良さがある。

わざわざ用意したロープで縛られるなんて、冗談じゃない。怪しげなプレイが始まりそうで嫌だ。そして、宮城はそういうことを躊躇《ためら》いなくしそうでもっと嫌だ。

「ここまでする必要ないのに」

手首にネクタイを巻き付けている宮城に声をかける。

「仙台さん、信用できないから」

言葉とともに、手首に巻き付いたネクタイがぎゅっと縛られる感触が伝わってくるが、宮城はもういいよとも、こっちを向いてとも言わない。

私は命令される前に彼女のほうを向く。

「まだこっち向いていいって言ってないんだけど」

単調に言って宮城が立ち上がり、今度はタンスを開ける。そして、薄手のタオルを持ってくると、私の前に立った。

「まだなにかするつもり？」

「目、閉じたほうがいいよ」

答えになっていない答えが返ってきて、宮城《みやぎ》の手にあったタオルが私の目を覆う。反射的に瞼《まぶた》が下りて、タオルが目を圧迫するように巻き付けられた。

「さすがにやり過ぎじゃない？」

余計なことをしないように体の自由を奪う。

その考えを歓迎したくはないけれど、理解はできる。

でも、視覚まで宮城に渡してしまうことには抵抗がある。

「これくらいしないと、仙台さん反省しないもん」

「反省してる」

「もう遅い」

宮城が言い切って、私の目を覆うタオルをぎゅっと縛る。

「ちょっと、きつく縛りすぎ」

文句を言うと、タオルが緩む。それでも目を開けることはできないから、なにも見えないままだ。

手首を縛られることまでは予想できたけれど、目隠しまでされるとは思っていなかった。

これはルールの範囲内なのか考えるが、よくわからない。ただ、現状を受け入れるしかないことはわかる。

「宮城、変なことしないでよ」

念を押すように言うと、隣から声が聞こえてくる。

「いつもと同じことしかしない」

宮城が断言するが、その言葉を証明するものはない。視界を奪われるとなにもかもが頼りなく思えて、さっきと同じように隣にいるはずの宮城を信用できない。

「こっち向いていいよ」

私は声がするほうに体の向きを変える。

当たり前だけれど、宮城は見えない。

見えるべきものが見えないせいで、急にこの部屋に一人になったみたいな気分になる。心細くなって手を伸ばそうとするが、ネクタイが手首に食い込むだけで手は動かせなかった。

「宮城」

返事はない。

暗闇が勉強をするだけだった夏休みを飲み込み、隣にいるはずの宮城も飲み込む。

彼女が一人で過ごす夜もこんなに暗いのだろうか、なんて関係のないことを考えていると、手だと思われるものがぺたりと首筋に触れて体温を感じた。

宮城が隣に座っているらしいことがわかって、なんとなくほっとする。

なにも見えない闇の中、首の上を体温が這《は》う。

他意を感じない手は、事務的に鎖骨へと下りていく。

いつもとは違うことをするのかと思ったけれど、本人が言った通りいつもと同じことをするつもりらしい。手を縛っても、目隠しをしても、宮城がすることは変わっていない。

たぶん、いつもと同じように触っている。

でも、私にはいつもと同じようには思えなかった。

視覚を奪われているから。

それが理由だと思う。

いつもとかわらないはずの宮城の手が、体温を吸い取るように蠢《うごめ》いているように感じる。

不安を安心に変えた手は、そのどちらでもない感覚を私に与えてくる。そろそろと動く熱がくすぐったくて宮城の手を払《はら》い除《の》けたくなるけれど、ネクタイが邪魔をしてできない。

「宮城って変態だよね」

肌の上を這う熱を逃がすように、細く長く息を吐く。

手首を縛って、目隠しをする。

元クラスメイトにこんなことをするなんて、宮城はマニアックだと思う。前にも一度、手首を縛られたことがあったけれど、あのときよりも倒錯的だ。

「黙ってて」

愛想《あいそ》のない声が聞こえて、鎖骨の上で手が止まる。

「黙ってて欲しかったら、宮城が喋《しゃべ》っててよ」

「やだ」

無愛想に宮城が言う。

本当にケチだ。

喋ったからといってなにかが減るわけではないし、少しくらい口を動かしてもいいと思う。黙っていられると落ち着かない。

でも、宮城は喋らない。

黙ったまま手を滑らせていく。

布越しに彼女の熱を感じる。

鎖骨の下、心臓の上辺りに手が置かれる。

五千円を払ってキスに繋《つな》がる命令をするという不道徳な行いを除けば、宮城は行儀がいい。キスは触れるだけのものだし、体も表面を撫《な》でるくらいのことしかしてこない。それも五千円に見合わないと思うくらい短時間のことで、いつもそうした行為はすぐに終わる。

今日もそうだと思っていた。

けれど、宮城はやめない。

頬に、唇らしきもので触れてくる。

心臓の上に置かれた手が動き、肩を撫でられる。頬の表面に感じた熱が離れ、今度は首筋に生温かい空気を感じた。

そして、すぐに首筋に柔らかいものがくっつく。

何度も、何度も、何度も。

小さな音とともにキスをされて、意識がそこに集中する。気持ちがいいというよりも、たんぽぽの綿毛が纏《まと》わり付いているみたいでくすぐったい。宮城の触れているところだけが気になって、熱くなる。特別なことをされているようで落ち着かない。

タオルで目を覆われ、強制的に光を奪われているせいで感覚が鋭敏になっている。与えられる感覚がいつもの何倍にも感じられて、今まで受け入れることができていたことを受け入れられそうにない。

宮城を押しのけたくても押しのけられない私は、自由を奪われた手のかわりに自由になる声を出す。

「ちょっと宮城」

返事をするつもりがないらしく、首筋から熱が離れない。

それならばと宮城の足がある辺りを蹴ると、キスを繰り返していた唇が離れた。

「痛い」

軽く蹴ったにもかかわらず、大げさな声で宮城が言う。

「いつまでするつもり？」

「答える必要ないから」

無愛想な声とともに、首筋に熱がくっつく。

熱の大きさと柔らかさから、それが手だとわかる。

指先が顎の下を撫で、血管を探すみたいにごそごそと動く。

どんな顔でこんなことをしているのか見たいと思う。

私に触るとき、宮城は微妙な顔をすることがある。最近は少なくなっているけれど、今もそういう顔をしていないか気になる。

でも、できればそういう顔を見たくないという思いもある。

視覚を奪われているのはいいことなのかもしれないなんて考えかけて、私はすぐにそれを後悔する。

宮城の唇が頬に触れ、手が耳を撫でて柔らかに滑っていく。

私は彼女の顔よりも、その唇が、手がまた気になり始める。

深い意味がなさそうな触り方なのに、手も唇もさっきよりもくすぐったい。宮城の手を止めたくてネクタイで縛られた手首を動かしてみるけれど、拘束する布は外れない。宮城の手は、私の理性を試すみたいに動き続けている。

首から肩へ。

腕を撫でて、脇腹を這っていく。

体の上を這う手は太ももに下りて、布越しに私を触り続ける。

気持ち悪いとくすぐったいの間くらい。

宮城の手が与えてくる感覚はそういうもので、今までずっとそうだった。だが、いつの間にかあってはならない感覚がその二つの間に割って入ろうとしていて、私は手を止めようとしない宮城に強く言った。

「宮城、やめて」

こんなの、絶対にヤバい。

事務的な手つきだと言ってもこのまま続けさせるわけにはいかないと思うが、宮城は手を止めるつもりがないらしく、私に触れ続けている。

「もう気が済んだでしょ。変なことしないでって言ったの、忘れたの？」

「変なことじゃなくて、してるのはいつもと同じことだけど？」

「変なことしてる」

「してない」

宮城が言い切る。

彼女がしていることは、いつもと同じことで間違いはない。〝変なこと〟の定義が食い違っているだけだ。ただ、変なことの定義について話し合うつもりはないし、やめてくれと頼んだ理由を口にできるわけがない。

「じゃあ、これ以上はルール違反って言えばわかる？」

問いかけると、宮城が手を止めた。

「脱がしてないし、ただ触ってるだけなのに？」

「そうだけど、ルール違反。まだ続けるなら本気で怒るから」

服を脱がさないことだけがルールではない。

暴力は振るわないという約束もあるし、セックスはしないという約束もある。

命令はきくけれど、体を売るわけではない。

だから、これ以上はルール違反だ。

「もう怒ってるじゃん」

「そう思うならやめて」

今、当たり前のようにしているこの行為が行き着いた先の知識くらい持っている。宮城《みやぎ》だって持っているだろう。

お互いこの先になにがあるのかわかっているから、そこへ行き着くことがないようにしていたはずだ。私も夏休みになってから、宮城を脱がしたり、キスをしたりとルールをないがしろにしすぎているけれど、最後の砦《とりで》は守るべきだと思っている。

「じゃあ、これで終わり」

そう言って、宮城が私の肩を摑《つか》む。

触ってるじゃん。

文句を口にする前に、首筋に柔らかなものが触れる。それが唇だとわかると同時に軽く歯を立てられ、すぐに離れた。でも、ネクタイもタオルも外されない。体の自由は奪われたままだ。

「終わったなら外してよ」

「背中、こっち向けて」

宮城の言葉に従うと、手首を縛っているネクタイがほどかれる。

「あとは自分で外せば」

　無愛想な声が聞こえて、宮城の気配が遠くなる。

　私は自分で目隠しをとって、テーブルの上の麦茶を手に取る。そして、ベッドに座り直し、ネクタイをクローゼットに片付けている宮城の背中に文句をぶつける。

「宮城のヘンタイ、すけべ」

「仙台《せんだい》さん、うるさい」

「宮城が変なことするから悪い」

「してない。変なのは仙台さんでしょ」

　宮城が不満そうに言って、テーブルの前に座る。

　私は彼女にタオルを投げつけて、宣言する。

「もう、こういうのなしだから」

「こういうのって？」

「縛ったり、目隠しするの」

「また勝手にルール増やしてる」

「ルールじゃないけど禁止」

「ルールじゃないなら、したっていいじゃん」

本気でまた同じことをするつもりなのかはわからないが、宮城ならしそうな気がしてくらくらする。

冗談じゃない。

今日みたいなことがこの先何度もあったら困る。

「よくない」

はっきりと言って、麦茶を飲み干す。

もうすぐ夏休みが終わる。

残りわずかな休みは何事もなく終わるべきだし、そういう予定だ。

ちょっとした休憩ならしてもいいけれど。

第9話　仙台さんとこういうことをしたっていい

　とくに用があるわけじゃない。

　行くべき場所も、行きたい場所もないけれど、夏休み最後の日曜日だからという理由で舞香《まいか》に誘われた。

　ふらふらとお店を見て回ってあてでもないこうでもないと言い合って、高校生になってから何度も来たカフェでくだらないお喋《しゃべ》りをする。

　特筆すべきことはなにもない日曜日だ。

　目の前では舞香がカチャカチャとパンケーキを切っていて、去年とそう変わらない夏休みにほっとする。一人でいると仙台さんのことばかり考えてしまうから、舞香が誘ってくれて助かった。

「あーあ、明日で夏休みも終わりかあ。志緒理《しおり》、宿題終わったんだっけ？」

　舞香が嘆きながら、パンケーキを頬張る。

「終わった」

「受験生になって心を入れ替えたとかそういう感じ？　確か、去年はギリギリまで宿題やってたよね？」

「三年になったし、少しは真面目にやろうかなって」

仙台さんが週に三回来ているから。

そんなことは言えないから建前を口にして、フレンチトーストにメープルシロップをかける。

一口食べると、表面はカリカリしているのに中はふわふわでプリンみたいに柔らかい。ごくんと飲み込むと、甘すぎないメープルシロップの味が口の中に残る。

「そう言えば、志緒理がフレンチトースト頼むのも初めて見た。あんまり珍しいことしてると、地球が滅びるよ」

「大げさすぎ。宿題が早めに終わることだってあるし、フレンチトーストくらい食べるでしょ。誰でも」

「そうだけどさあ。前にあんまり好きじゃないって言ってなかったっけ？」

「美味《おい》しさに気がついた」

食べたことがなかったけれど、なんとなく好きじゃなさそうだと思っていたフレンチトーストは好みの味がする食べ物だった。

　仙台さんのおかげだと言いたくはないが、こうしてお店で頼んでもいいものになっている。でも、お皿の上のきつね色のパンを見ていると、フレンチトーストに付随した記憶も蘇《よみがえ》ってきて、私は焼き色が付いたパンにフォークを突き刺した。

　卵に浸されたパンと仙台さんの唇。

　どちらが柔らかかっただろうなんて、どうでもいいことが頭に浮かぶ。甘いはずのフレンチトーストに、感じるはずのない血の味が混じっているような気がする。

　歯を立てた唇は柔らかくて、思ったよりも血が出た。

　赤い液体は指で触るとぬるりとしていて、傷口を強く押さえると仙台さんが睨《にら》んできた。

　フレンチトーストに紐付《ひもづ》いた記憶は鮮明で、仙台さんが近くにいるような気さえしてくる。

「やっぱり、パンケーキにすれば良かったかな」

　私は向かい側に置かれたお皿を見ながら、フレンチトーストを口に運ぶ。

「じゃあ、半分交換しない？　私もフレンチトースト食べたいし」

「うん」

　舞香の提案に頷《うなず》いてフレンチトーストとパンケーキを交換すると、「美味しいけど飲む？」とアップルティーを勧められる。今はいらないと断って、私は同じふわふわでもフ

レンチトーストとは食感も味も違うパンケーキを一口食べた。

「そうだ。明日も会わない？　高校最後の夏休み最終日だし、なんかしようよ」

思い出したように舞香が言って、フレンチトーストを口にする。

「んー、先約ある」

「亜美《あみ》もデートだって言ってたし、みんな付き合い悪くない？」

「それを言うなら舞香だって今年はほとんど塾だったたし、去年より付き合い悪くない？」

「それはしょうがないでしょ。って言うか、志緒理はなにしてたの？　今年、忙しそうだったじゃん」

「忙しかったわけじゃないんだけど、家でいろいろあって」

いろいろの内訳はほとんど仙台さんだから、追及してほしくない。けれど、舞香は「いろいろ？」と先を促すように私を見てくる。

「いろいろはいろいろ」

「あやしいなー。今年は夏休みのこと、まったく話さないし」

「あやしくないから」

私は誤魔化すようにパンケーキをもう一口食べる。

夏休みでも冬休みでも長い休みに誰かが側《そば》にいた記憶を探そうとすると、随分と深くまで潜らなければいけない。それくらい誰かが側にいた記憶がない。

でも、今年は夏休みの半分くらい仙台さんと一緒にいた。

それは、家族よりも友だちよりも一緒にいたのは彼女だということだ。と言っても、そのほとんどの時間は勉強に費やされ、あやしげなことはない。――はずだった。

勉強を教える側と教えられる側。

お互いそういう立場を守って夏休みを過ごすはずで、人に言えない行為をするつもりは欠片《かけら》もなかったはずだ。

それが振り返れば、まったく違う夏休みを過ごしていた。

私たちの関係は急速に壊れていっている。

「えー、なんか隠してることあるんじゃないの？」

「なんにもないって」

舞香に告げながら、仙台さんの目を覆い、手首を拘束したときのことを思い出す。

たぶん、あれが夏休みの中で一番、人には言えないことだ。

ルールに反する行為。

そういうつもりはなかったけれど、そういうことになってしまったらしい。

縛って目隠しをしただけだし、触れたかったから触れただけで、下心があったわけじゃない。そんなものはなかったはずだ。タオルは彼女の目が気になってできなかったことをするために使っただけで、ネクタイは彼女に邪魔されないために使った。そして、ちょっといつもより長く触っただけで、でも、やり過ぎたかもしれないとは思っている。

だからというわけではないけれど、次に仙台さんが来たときには休憩をしなかった。

「あー、あと一週間くらい休みほしい」

舞香の絶望したような声が聞こえて、彼女を見る。

「一週間延びたら、最後の日にもう一週間って言うんでしょ」

「もちろん。志緒理は二週間くらい延ばしてもらう？」

「そんなにいらない。普通に終わってくれていい」

「志緒理がいらないって言うなら、私がもらおうかな」

「なら、舞香にあげる」

「太っ腹だ。……代わりにほしいものなに？」

「交換条件とかじゃないし。私はこれ以上夏休みいらないだけだから」

「それ、裏があるでしょ。絶対にあとからなにか要求されそう」

からかうように舞香が言う。

本当に夏休みはこれ以上いらない。

明日。

明日が終われば、学校が始まる。

このまま夏休みが続けば、絶対に破ってはいけないルールを破ることになるのは目に見えている。そんなことになったら、きっと仙台《せんだい》さんとは上手《うま》くいかなくなる。

あと一回。

一回が何事もなく終わればそれでいい。

私は破ったルールを上手く繕えるほど器用ではないから、破らないようにするべきだと思う。

「夏休みは増えそうにないし、今日はこれからどうしようか」

舞香がフレンチトーストにフォークを刺しながら、尋ねてくる。

「んー」

仙台さんを頭から追い出して、いくつか案を出す。

それから私たちは提案通りのことをいくつかして、提案とは違うこともいくつかしてから別れた。

家へ帰って、夕飯を食べて。

お風呂《ふろ》の後は、すぐにベッドへ潜り込む。目を閉じるといつの間にか意識を手放していて、目覚ましが鳴る前に目が覚めた。よく眠れたわけではないけれど眠れないということもなかったから、それなりに頭ははっきりしている。

　これまでと同じような服を着て、同じような時間にお昼ご飯を食べる。買ったばかりの本を読みながら、仙台さんからのメッセージを待つ。一時間もしないうちにメッセージが届いて、インターホンが鳴る。

　いつもと違うことはしない。

　私は小さく息を吐いてから、仙台さんを招き入れた。

◇◇◇

「多くない？」

　玄関で夏休み最後の五千円を渡そうとした私に、仙台さんが文句を言う。

「多くない」

「今週は今日一回だけだし、なしでいいよ」

「一回だけでも家庭教師は家庭教師だし。もらわないなら帰って」

　素っ気なく言うと、仙台さんが五千円札をじっと見た。そして、「ありがと」と言ってから財布にしまって部屋に入った。私はキッチンからサイダーと麦茶を持って来て、いつものようにテーブルに置く。

なにも変わらない。

いつもと一緒だ。

仙台さんの隣に座って、教科書や問題集を開いてテーブルに置くのも一緒。

違うことはしていない。

今日が終わればこうして放課後ではない時間を二人で過ごすことがなくなる。そう思うと、少し寂しいような気がしてくる。

私は仙台さんを見る。

髪が邪魔だと思う。

今日の彼女は髪を編んでもいないし、結んでもいないから、夏休み最後の日をどんな顔をして過ごしているのかよくわからない。わかることがあるとすれば、彼女が真面目に教科書を見ているということだけだ。

つまらない。

私は仙台さんの顔が見たくて手を伸ばす。けれど、邪魔な髪に触れる前に、仙台さんが怪訝《けげん》な顔を私に向けた。

「こっち見てないで真面目にやんなよ」

そう言って、ペンで私の眉間をつついてくる。

おでこの辺りがムズムズとして、反射的に彼女の手をペンごと押し返す。

五千円は払った。

でも、今したいと思ってしまったことに対する五千円は払っていない。だから、そういうことはするべきではないし、もう終わりにしたほうがいい。

わかっているのに、私は仙台さんに触れる。

少し、ほんの少しだけ、顔を近づける。

当然、唇も近づくけれど、触れる前にペンでおでこを叩《たた》かれる。

「宮城《みやぎ》。休憩にはまだ早いと思うけど、休憩するつもり？」

問いかけてくる声は静かで、平坦《へいたん》なものだった。

表情からも感情を読み取れない。

休憩はしない。

しちゃいけないと思う。

それなのに「休憩はしない」と答えられない。

「宮城。明日から学校だし、予習しなよ」

仙台さんがペン先で教科書を指す。

「……五千円なら、あとから渡す」

口にするつもりがなかった言葉が滑り出る。

五千円は渡すべきではないし、キスだってしないほうがいい。もちろん、その先も。そして、仙台さんは私の申し出を断るべきで、たぶん、断る。これから先を考えたら、私たちは何事もなく今日を終わらせなければならない。

わかりきったことを並べて、自分を納得させようとするけれど、その全部を否定したい私がいる。

「あとからなんて許されると思う？」

そう言うと、仙台さんがテーブルにペンを置いた。

「今がいいなら今渡す」

すんなりと口から出た言葉に従って、体が動く。

でも、立ち上がろうとした私の腕を仙台さんが引っ張った。

「あとからも今からも、もう遅いから」

遅いって、なんで。

口にしようとした言葉は柔らかな唇に押し留《とど》められた。それは考えていなかったタイミングでのキスで、どくん、と頭の中に心臓の音が響く。

どうして。

疑問が一つ浮かんで消える前に唇が離れる。

「そういう命令してない」

聞こうと思ったことではないことを口にして、仙台さんを見る。

「わかってる」

「わかってるなら、勝手なことしないでよ」

「命令」

「それ、命令？」

「そう。でも、五千円もらってないし、宮城は私に命令できないから」

「だから、渡すって――」

「もう遅いって言ったでしょ」

言いかけた言葉が仙台さんの声に打ち消され、私の腕を摑《つか》み続けていた彼女の指に力が入った。腕が痛い。文句を言おうとするが、先に仙台さんが口を開く。

「宮城はもう少し自分のしてること、考えたほうがいい」

彼女の言葉にどういう意味があるのか考える時間はなかった。

仙台さんとの間にあった距離が彼女によってゼロにされ、唇が重なる。強く押しつけられ、体が傾く。押し倒されたわけじゃないし、自分から倒れたつもりもないけれど、気がつけば背中が床についていた。

「噛《か》んだりしないでよ」

視線の先、やけに真剣な顔で仙台さんが言う。

その言葉がなにを示しているのかは、顔が近づいてきてすぐにわかった。

唇が触れる前に、首に、頬に、彼女の長い髪が触れてくすぐったい。

手を伸ばして、視界を遮る髪を仙台さんの耳にかける。目を閉じるより早く唇が重なって、すぐに唇とは違う柔らかさを持ったものが触れてきた。確かめるまでもなくそれは彼女の舌先で、唇を割って口内に入り込んでくる。

遠慮という言葉を知らない舌が口の中で動く。

適度な硬さを持ったそれが私の舌に触れ、ぬるりとした感覚が拡大されたように脳に伝わってくる。仙台さんの体の一部が自分の中にあると明確に感じられて、気持ちが悪いわけではないが気持ちがいいとも思えない。

今までなら躊躇《ためら》うことなく動き回る舌に歯を立てていたけれど、仙台さんの言葉がストッパーになっていて、歯を立てることができない。

息苦しくなって仙台さんの服を摑むと、唇が離れる。

「こういうの、駄目だと思う」

彼女を遠ざけるように肩を押して、小さな声で告げる。

「私もそう思う」

仙台さんは、抵抗しなかったくせに、とは言わなかった。かわりに、また顔を近づけてくる。言葉とはまったく違う行動に、私はさっきよりも大きな声を出す。

「仙台さんっ」

「こういうときは葉月《はづき》って呼びなよ。志緒理《しおり》」

「呼ばないし、呼ばないで」

「ほんと宮城ってケチだよね」

仙台さんがため息交じりに言う。そして、当たり前のように顔を近づけてきた。

「……続けるの？」

駄目だと言うかわりに、曖昧な言葉を投げかける。

「宮城があんなことしようとするから」

「あんなことって？」

それがなにかわかっていて尋ねる。

「さっきキスしようとしたじゃん」

仙台《せんだい》さんの指先が私の唇を撫《な》でる。

私たちの間には、足を踏み入れてはいけない領域があった。それははっきりとしたものだったけれど、夏休みになって酷《ひど》く不明瞭なものに変わり、今はその領域に足を踏み入れようとしている。

「宮城」

普段なら笑ってしまいそうなくらい真面目な声が私を呼ぶ。

はっきりとそういうことをしようと言われたわけじゃない。

でも、これからそういうことをするのだとわかった。

仙台さんの顔が近づいてきて、もう一度深くキスをされる。

視線が交わるようにお互いの舌が交わって、重なる。仙台さんの輪郭を今まで以上に感じるキスは、さっきよりも気持ちがいいと思える。

十秒なのか、二十秒なのか。

それとも一分なのか。

よくわからないまま唇が離れて、私からもキスを返す。

五千円が介在しないキスへの疑問はない。おかしいはずなのに驚くほど自然で、唇を重ねることが当たり前のことのような気がしてくる。

仙台さんの服を掴む。

唇を強く押しつけて、ゆっくりと離す。

閉じていた目を開けると、仙台さんの呼吸が乱れていて、同じように私の呼吸も不規則になっていた。

整えようとしても上手《うま》くいかない。きっと、仙台さんも同じなんだと思う。

「背中、痛い」

掴んでいた服を離し、浅くなった呼吸を誤魔化すように言う。

「それくらい我慢しなよ」

酷いとは思うけれど、仙台さんの言うことは正しい。

ベッドへ行って、なんてことをしていたら気が変わるかもしれない。それくらい私たちは、こういうこととは縁遠い関係だ。

引き返すなら、今なんだと思う。

仙台さんの肩を押して、体を起こして、教科書を見ればなかったことになる。

夏休み最後の日。

八月三十一日なんてずっと記憶に残りそうな日に、こんなことをするのは良くない。

きっと今日という日にラベルが貼られ、まるで記念日みたいに頭に残り続ける。

それはわかっている。

でも、いくつかの偶然が重なって、そこに私の気まぐれが乗って始まった関係なのだから、偶然と気まぐれでこういうことをしたっていいと思う。——きっと、たぶん、いいはずだ。

仙台さんの唇が首筋に触れる。

押しつけられて、軽く歯を立てられる。

彼女の唇が同じ場所に触れたことがあるのに、感覚が違う。

ぞくりとして逃げ出したくなるのに、彼女に近づきたくなる。

舌先が触れて、そこだけに意識が集中する。首筋に感じる湿り気に気持ちが落ち着かない。唇が首筋を這《は》うように動いて、鎖骨へと向かう。ときどき確かめるように歯が立てられ、強く吸われる。

部屋はエアコンで涼しいはずなのに暑い。

一つ一つの行為が鮮明で、仙台さんがどこに触れているのかよくわかる。

彼女の吐き出す息と何度も落とされるキスに、今まで出したことのないような声が漏れる。それは仙台さんに聞かせるようなものではなくて、慌てて唇を噛む。

一瞬、仙台さんの動きが止まる。

顔を上げた彼女と目が合う。

なにか言われると思ったけれど、仙台さんはなにも言わなかった。黙ったまま、Tシャツを捲《めく》ってくる。

脇腹に、仙台さんの熱を直接感じる。

葉月と名前で呼ぶつもりはないけれど、そろそろと上へ向かって行く手を止めようとは思わない。

雰囲気ってあるんだな。

仙台さんとキスをしながらぼんやりと思う。

いつもよりも硬い声だとか。

呼吸の仕方だとか。

命令とは違うキスだとか。

些細《ささい》な違いが積み重なって、今していることが特別なことだと気づかされる。

Tシャツの中に入り込んだ手は、そうすることが当然のように体に馴染《なじ》んでいる。指先は脇腹から肋骨《ろっこつ》を辿《たど》り、胸の下を緩やかに撫でる。理性を溶かす手に身を任せることに躊躇いはなくなっていて、同じようにブラウスの中に手を忍び込ませて仙台さんの背中に直

接触る。

「宮城《みやぎ》、くすぐったい」

仙台さんが珍しく余裕がなさそうな顔で私を見る。

「私だってくすぐったい」

私たちはこのくすぐったさの先に、ぞわぞわとする気持ちの悪さの先に、気持ちがいいことがあると知っている。

私は、背骨にそって指を走らせる。背中の半分くらいまで撫で上げると、仙台さんから掠《かす》れた声が小さく聞こえてきて心臓が跳ねる。

「それ、くすぐったいから」

取り繕うように言って、仙台さんが私の胸の上に手を置く。

下着はまだ外していない。

それなのに、まるで直接触られたみたいな気がして顔が熱くなる。

小さいとか大きいとか。

そんなことは今まで気にしたことがなかったけれど、仙台さんがどう思うかなんてことが少し気になる。でも、彼女の顔を見ても、頬が少し赤いくらいでどう思ったのかはわからない。

するすると手が背中へ潜り込もうとする。

肩を少し上げると仙台さんの手が背中に回りかけて、でも、その手がホックにかかる前にインターホンが鳴った。

突然のことに、息と動きが止まる。

仙台さんがインターホンではなく、私を見る。

言葉はない。

少し間があって、もう一度インターホンが鳴る。

「……気になる？」

仙台さんが尋ねてくる。

「別に。どうせ、勧誘かなんかだし」

「確かめなくていい？」

「仙台さんが確かめれば。モニター見れば勧誘かどうかくらいわかるよ」

顔をちょっと動かして、インターホンのモニターを見ればチャイムを鳴らしているのが誰なのかわかる。でも、仙台さんが私を見ているように私も仙台さんを見続ける。

「話してみないとわからないでしょ。私はどっちでもいいよ」

仙台さんの言葉の意味はすぐにわかった。

このまま続けるか、インターホンの呼び出しに応えるか。

それを私に選ばせようとしている。

いつもならそう何度も鳴らされないインターホンは、しつこく鳴り続けている。

仙台さんは私がすぐに逃げるというけれど、仙台さんだって選ぶことから逃げている。

いつだって私に選択を押しつける。

考えるまでもない。

立ち上がって、インターホンの呼び出しに応えたらそれで終わりだ。インターホンを鳴らす相手と喋《しゃべ》ってから、じゃあ続きからというわけにはいかないだろう。

「宮城」

静かな声が聞こえて、私は彼女の肩を押した。

「仙台さんの意気地なし」

そう言う私も仙台さんと変わらない。意気地なんてあるわけがなくて、インターホンに呼び覚まされた理性に従って体を起こす。乱れた服を整え、ボタンを押して鳴り続けるチャイムを黙らせる。エントランスの向こうにいる相手の声が聞こえてきて話を聞いてみると、やっぱりくだらない勧誘だった。

息を吸って、吐いて。

小さく深呼吸をしてから振り向くと、仙台さんはベッドを背もたれにして漫画を読んでいた。

「勧誘だった」

「そっか」

素っ気ない声だけが返される。

こっちを見ない彼女に、顔が見たいと思う。

「仙台さん」

「なに？」

返事はするけれど、視線は下を向いたままだ。

「なんでもない」

顔を見せてくれない仙台さんに、もう少し触れたかったし、触れられたかったなんてことを思って、私はそんなことがもうなさそうな午後にほんの少し後悔をした。

第10話　今日も宮城のことばかり考えている

気まずい。

私と宮城の間にある空気は、それ以外の言葉では言い表せない。

夏休み最後の日、今まで触れたことのない場所に触れて、聞いたことのない声を聞いた。

と言っても、触ったのは胸くらいだし、声だってたいして聞いてはいない。

それでも。

それでも気まずい。

教科書を開いて宿題をしているだけなのに、私たちは相手の顔色をうかがうような時間を過ごしている。

「なにか喋りなよ」

私は、黙り込んだまま口を開かない宮城に消しゴムを投げる。

あれから初めて来た部屋の空気は微妙で、落ち着かない。

「仙台《せんだい》さんが喋ればいいじゃん」

宮城が素っ気なく言って、消しゴムを投げ返してくる。私は向かい側からコロコロと転がってきた消しゴムを手に取って、消したくもない文字を消す。

宮城は今日、私の隣ではなくわざわざ向かい側に座っている。

夏休みが終わったら夏も一緒に終わるなんてことはない。

あの日が終わっても私たちの夏は続いていて、九月に入ってもまだ暑い日が続いている。昨日も今日もアイスが美味《おい》しいし、エアコンが必要だ。

幸か不幸かこの部屋は今、文句を言うほどではない温度に保たれている。暑さを理由に宮城の服を脱がせることも、私が脱ぐこともない。もちろん、宮城の体に触ってもいないし、触る機会もない。

新学期が始まって数日が経《た》ったのに、そんな当たり前のことを考えるくらい私はどうかしている。

今日、宮城とはそういうことをしていない。

そんな雰囲気になることもない。

当たり前だ。

私たちはセックスをするような関係ではないし、そうそうそんな雰囲気になるわけがないのだ。

――それがどうして。

あのときそういうことをしたいと思ったことは否定しないし、自分の中にそういう欲求があったことにも驚きはない。性的な欲求なんて誰にでもあるものだろうし、きっと宮城の中にもあるだろう。だから、したいと思ったことはそれほどおかしなことではない。気にすべきは、そういう欲求が宮城に向いたことだ。

「なんでこっち見てるの」

宮城がいつもよりも冷たい声で言う。

冷ややかな視線もついてきて、あまりいい気分にはならない。声も視線も作ったようなものだから、気にすることはないとわかっている。でも、それなりの重さで心の上に乗ってきて気持ちが沈みそうになる。

「見たらいけない？」

なるべく平坦《へいたん》な声で問いかける。

「いけない」

「じゃあ、見ない」

視線を教科書に落とす。

宿題やって。

そんな命令でもあれば気が紛れたけれど、宮城は自分で宿題をしている。私も同じように宿題をしなくてはいけないが、並んだ問題に集中できないままだ。気がつけば、記憶の中の宮城を反芻《はんすう》しようとしている。

こういう自分を許すことはできても、受け入れることは難しい。

あそこまではっきりと宮城に対する欲求を自覚するなんて、想定外のことだ。

私の手には、まだ宮城の胸の感触が残っている。

ぎゅっと右手を握りしめる。

手のひらに爪の痕がつくほど握ってから、手を開く。顔を上げて、消しゴムを宮城のほうへ転がす。

「やっぱりさ、宮城のこと見てもいい？」

「もう見てるじゃん。っていうか、なんでそんなことわざわざ聞くの」

「宮城が見るなって言うから」

「そういうのいいから、仙台さん真面目に宿題やりなよ」

「宮城のこと、見ててもいいなら」

消しゴムは返って来ない。

宮城は、露骨に嫌な顔をしていた。

「駄目だってさっき言ったよね？」

「駄目じゃなくて、いけないとは言われたけど」

わざわざ訂正すると、宮城《みやぎ》が眉間に皺《しわ》を寄せた。そして、明らかにむっとした表情で立ち上がり、本棚から漫画を一冊持ってくる。

「宿題やる気ないなら、これでも読んでたら」

テーブルの上に漫画が置かれる。

「昨日買ったヤツだから、仙台さんまだ読んでない」

見るなら顔ではなく漫画にしろということらしい。

こういう反応をする宮城は可愛《かわい》いと思う。

だが、欲情するような要素はないはずだ。

宮城はどこにでもいる普通の女の子で、特別変わったところはない。去年は同じクラスの目立たない地味な女の子で、今は隣のクラスの目立たない地味な女の子だ。いや、正確に言うと、目立たなくて地味だけれど普通より少し変わっている女の子だ。普通は足を舐《な》めろと命令したり、血が出るほど噛《か》んだりしない。

こう考えると、結構酷《ひど》いな。

そういう人間を相手に欲情した私は、理性を止めていたネジが二、三本落ちていたに違いない。

もう、あんな気持ちになることはないはずだ。

宮城に触りたいとは思うけれど、触ってもあんなことにはならない。そう信じている。ネジが落ちた理由は考えたくないし、知る必要がない。大体、触りたくてもやけに遠くに座っている。

「読まないの？」

宮城が消しゴムを投げつけてくる。

「今度来たときに読む」

「今度っていつ？」

「それは宮城が決めることでしょ」

そうだけど、と宮城が言って教科書を閉じる。でも、すぐにぺらぺらと教科書をめくりだして、ぼそりと言った。

「……仙台さん、今日来ないかと思った」

話の流れを無視するような言葉が宙に浮く。

突然できた間を潰すように、教科書をめくる音だけが響いて消える。

「なんでそう思ったの？」

「あんなことしたから」

「宮城こそ、もう私のこと呼ばないんじゃないかと思った」

今日、宮城が私を呼んだ。

それは意外なことに思えた。

新学期が始まっても、宮城は連絡をしてこない。

そんな風に考えていた。

「ルール破ってないから」

めくられ続けていた教科書が閉じられる。

よく考えれば、あれは未遂で終わった。最後までしていないから、セックスはしないというルールは破っていないということなんだろう。

「じゃあ、隣じゃなくてそっちに座ってる理由は？」

今日初めて成立した会話を逃さないように、気になっていたことを尋ねる。

「仙台さんが信用できないから」

すっぱりと言われて、心の中で彼女の言葉を肯定する。

私が信用できないことについては、否定できない。でも、宮城だって私を拒まなかった。

そう言いたいけれど、口にしたら宮城がまた黙り込みそうで、その言葉は飲み込んでおく。

「宿題やろうよ」

珍しく宮城が真面目なことを言うけれど、私の頭はノートを埋めることよりも目の前の宮城のことばかり考えている。目は宮城を映したがっていて、教科書を見てくれない。

私は指の上でペンをくるりと回す。

宮城が私を視界から追い出すように教科書を開いて、ノートにペンを走らせる。当然、目は私を映さずに真面目に教科書とノートばかりを映しているから、こちらを向かない。

もう一度ペンを回す。

今度は指の上からペンが落ちて、カシャリと音がする。でも、宮城は顔を上げなかった。

「宿題するからさ、こっち来なよ」

隣にぽかりと空いているスペースをトントンと叩《たた》いて、宮城を呼ぶ。

「いかない」

顔を上げずに宮城が答える。

「じゃあ、私がそっちに行く」

「駄目」

「それ、命令なの？」

尋ねると、宮城が顔を上げた。

「命令」

強く言われて、私は動くことができない。

命令なら仕方がないと素直に諦めて、教科書を見る。

私は、いつも命令という言葉に救われている。宮城に命令をさせて選択肢を突きつけるようなことを何度もしながら、自分は命令を理由にすごすごと引き下がる。実際のところ、私は宮城に言われたように意気地がない。

あのとき二人の関係を決定的に変える勇気がなかったように、今は宮城の言葉に逆らってまで隣に行く勇気がない。おそらく、宮城にも私の隣に来る勇気はない。だから、今日の私たちには距離があるのだと思う。

「仙台《せんだい》さん、ここわからない」

「どこ？」

愛想《あいそ》のない声で呼ばれて宮城を見ると、開いた教科書をペン先が指す。

「ここ」

「こっちからだと見にくいんだけど」

宮城が指している部分はわかる。

どんな問題かもわかる。

数字が並んだ教科書を逆から見ることにそれほど大きな問題はないが、隣に空いた空間を埋めるきっかけにはなる。けれど、宮城は黙って教科書をこちら側に向けてくる。

「宮城のケチ」

なんの恨みもない教科書に落書きをしながら文句を言うと、すぐにそれが消された。

「ケチってなにが？」

「そういうところが」

「意味わかんないこと言ってないで、教えてよ」

「はいはい」

ぞんざいに答えて、教科書を見る。ノートの端に公式を書きながら解き方を説明すると、わかったようなわからないような顔をした宮城が紙の上に数字を並べていく。

あの日、あのまま続けていたら。

この数日間で何度かそんなことを想像したけれど、想像で終わらせておくべきものだと思う。

付き合っていなければしてはいけないなんて清廉潔白な考えは持っていないが、最後までしていたらこんな風に一緒に宿題はしていない。そう考えると、あれ以上しなかった数日前の自分を褒めるべきだ。一回だけの体の関係よりも、こうしてこの部屋で勉強をしたり本を読んだりしているほうが楽しいに違いないと自分に言い聞かせる。

「あってる?」

答えを導き出した宮城が顔を上げる。

「あってる」

ノートに書かれた文字を見てそう告げると、彼女はすぐに視線を教科書に落とした。

「それで、宮城。ほかに命令は?」

彼女の気持ちを教科書から引き剝がすように問いかけるが、返事はない。不機嫌な顔をして黙っている。

宮城が口を開かない理由は想像できる。

不用意に命令すれば、夏休みのことを蒸し返すようになるからだろう。本を読んでとか、宿題をやってというようなたわいもないものだった命令はいつの間にか危ういものになっていて、いつものような命令をすれば夏休みの続きを要求したように聞こえる。かといって、こっちに来るな程度の命令だけでほかになにも命令しなければ、五千円の行き場がなくなる。

五千円はもういらない。

そう言うこともできるけれど、いらないと言ってしまうとここへ来る理由がなくなるから、言いたくはない。

視線の先、宮城が口にすべき言葉を探すように教科書をめくるが、そんなところに答えが書いてあるわけもなく、視線を落としたまま低い声で言う。

「宿題終わったら帰って」

「それが命令でいいの？」

「いいよ」

そう言った宮城は、どこから見ても〝いいよ〟という顔をしていない。長い付き合いになってきたからわかる。宮城は、なにか言わなければならないからそれらしいことを言っただけだ。

「ほかの命令にしなよ」

「なんで仙台さんが私に命令するの」

「宿題なんてすぐに終わるから」

出された宿題はそれほど量がない。一時間もあれば終わってしまうし、いつもこの家から帰る時間を考えると随分と早い。

「命令、さっきのでいいの？」

宮城が違う命令をしてくることは予想できるけれど、一応尋ねる。

「……髪、やって」

　ぼそぼそと宮城《みやぎ》が言う。

「髪？」

「前に髪やってくれるって言ったじゃん」

　前、――前に私が言ったこと。

　宮城の言葉から記憶を辿《たど》ると、すぐに探していたものが見つかる。五月にキスをしてから初めて会った日、羽美奈《うみな》のために買った雑誌を見ていたときにそんなことを言った。

「どんな風にしてほしい？」

　宮城になにを言ったかは覚えていても、あの雑誌に載っていた女の子のことは顔も髪型も記憶にない。羽美奈と話を合わせるために買っている雑誌に、長く記憶に留《とど》めるほどの興味がないからかもしれない。

「変なことしなければなんでもいい」

「なにそれ」

「とにかくいい感じにしてよ」

　大雑把なリクエストが飛んでくるが、本人は動かない。

　向かい側に座ったまま、私を見ている。

「宮城、こっちに来て」

超能力者でもなければ腕が伸びるわけでもない私は、宮城が動いてくれないと髪を触ることができない。そんなことは彼女もわかっているはずなのに、立ち上がる気配はなかった。

「このままで髪触れると思う？」

私が宮城のほうへ行ってもいいけれど、いい顔をしないことはわかりきっている。

「宮城」

もう一度呼ぶと彼女は渋々といった顔で立ち上がり、私の隣にやってきて少し離れた位置に座った。

そんなに警戒しなくても。

なにもしやしないと心の中で呟《つぶや》いて、鞄《かばん》の中からブラシを取り出す。

「背中、こっち」

少し近づいて宮城の肩を叩くと、びくりと体が揺れた。それでも素直に背中を向けてくれて、肩よりも長いくらいの髪に触れる。今度は体が揺れるようなことはなかったが、背中から緊張が伝わってくる。

やりにくい。

信用できないという言葉通り、宮城の周りの空気が張りつめているから私まで緊張してくる。

「髪、綺麗《きれい》だね」

こわばった空気が少しでも和らげばと、ありきたりな褒め言葉を口にする。と言ってもそれは事実で、黒い髪はさらさらしていて指通りがいい。

でも、宮城は返事をしない。

仕方がないから、私も黙って髪をとく。

雑誌に載っていた女の子の髪型はやっぱり思い出せないし、宮城のリクエストは曖昧ではっきりとしない。私は記憶に頼ることも、リクエストに応えることも諦めて、宮城の髪をすくってそれを編む。

「三つ編み？」

背中をぴんっと伸ばした宮城が顔を半分くらい私のほうに向ける。

「そう。違う髪型がいい？」

可愛《かわい》い髪型はいくつもある。

スマホの中にある画像から、宮城に似合う髪型を探してもいい。でも、私は宮城の髪を編み続ける。

「なんでもいいけど。……前に見てた雑誌はもっと違う髪型だった」

なんでもいいと言うわりには、なんでもよくなさそうに宮城が言う。

「可愛くしてあげるから」

雑誌に載っていた女の子を覚えていないとは言いたくない。

三つ編みなら宮城の髪を長く触っていられそうだから。

そんなことを思っているということは、もっと言いたくない。

「可愛くなくてもいい」

宮城が前を向いて答える。そして、「あのさ」と続けた。

「なに？」

「これからも仙台さんのこと呼ぶし、命令するから」

「知ってる」

「じゃあ、卒業式まで、私が呼んだら今まで通りここに来て」

初めて命令の期限がはっきりと区切られる。

私も、この部屋で過ごせるのは卒業式までだと思っていた。ずっとそれくらいが丁度いいと考えていたけれど、残り時間を声にだしてみる。

「あと半年くらいってこと？」

「そう。それまで仙台《せんだい》さんの放課後の一部は私のものだから」

宮城が当たり前のように言うと、ぴんっと張っていた空気が少し緩んで、背中にぴたりと張り付いていた緊張という文字が三分の一ほど剝がれる。

私は作った三つ編みをほどいて、もう一度編み直す。

宮城は文句を言わずに座っている。

さらさらとした髪はやっぱり手触りがいい。

宮城のベッドからする香りと同じ匂いが鼻をくすぐる。私のものとも羽美奈や麻理子《まりこ》たちのものとも違うシャンプーの香りに誘《さそ》われるように、もう少しだけ宮城に近づく。

「半年か。……短いね」

呟くように言葉を吐き出す。

指先は髪を編み続けている。

「そうだね」

宮城が感情のない声で言った。

あとがき

「週に一度クラスメイトを買う話」二巻を手に取ってくださり、ありがとうございます。
本作は、ウェブ連載小説に加筆修正、書き下ろしを加え、書籍化したものです。

と、〝二巻〟という言葉以外は一巻と同じ文章で始まりましたが……。二巻です、二巻！　声に出したい日本語です。たくさんの方が一巻を手に取ってくださったおかげで二巻発売となりました。めちゃくちゃ喜んでおります。本当に嬉《うれ》しいです。

今回もＵ３５先生が可愛い宮城《みやぎ》と仙台《せんだい》を描いてくださいました。そして、帯コメントをみかみてれん先生が書いてくださいました。

さて、幕間《まくあい》と番外編ですが、一巻同様書き下ろしました（ネタバレになりますので読んでいない方はこの先は飛ばしてください）。

番外編「仙台さんの放課後が五千円札になるまで」は、「両替する宮城の話はどうか」という担当編集さんの提案から生まれたものです。その打ち合わせの中で「両替する宮城は可愛《かわい》い」という話があり、私もそう思って書いたのですが、あのような宮城になりました。――宮城、可愛いでしょうか？

幕間「雨の日の宮城が私にしたこと」は、補足したいと思っていた第3話「こんな仙台さんは知らない」の仙台視点です。雨の日に仙台がどんなことを考えていたのかがわかるお話になっていますので、宮城視点と読み比べていただければと思います。

書き下ろしのほかにも、加筆したり、修正したり、いろいろと慌ただしかったのですが、そんな日々の中ですごく嬉しいことがありました。それはなにかと言いますと――。

一巻重版！

声に出したい日本語第二弾です。

皆様が応援してくださったおかげで一巻が重版しました。本当にありがとうございます。

見本誌をいただいて奥付を見たときに、かなり感動しました。重版することを担当編集さんから電話で教えていただいたのですが、突然の電話に、スマホに表示された担当編集さんの名前を見てなにかあったのかとびくついたのは内緒の話です。

感動したと言えば、一巻発売後に本屋へ行ったときも感動しました。

いつもの本屋に本がある！

いや、本屋に本があるのは当たり前のことなのですが、自分の本が置いてあることに感動しました。たぶん、挙動不審なヤバいヤツになっていたはずです。

などと書き連ねているうちに、いい感じのページ数になったようです。

最後になりましたが、二巻を読んでくださった皆様、ウェブで応援をしてくださった皆様、U35先生、みかみてれん先生、担当編集様、様々な形で本作に関わってくださった皆様。多くの方々に心より感謝いたします。そして、友人Nに感謝を。今回もいろいろ助けてもらいました。

それでは、また三巻のあとがきでお会いできたら嬉しいです！

羽田宇佐《はねだうさ》

番外編　仙台さんの放課後が五千円札になるまで

午後から授業がないというのは嬉《うれ》しい。

でも、午前中に記念行事があるということに不満を持っている生徒もいて、今、私の机を摑《つか》んでいる亜美《あみ》もその一人だ。午前中にすべきことが終わって、もう帰るだけだというのに立ったまま熱弁をふるっている。

「創立記念日なのに学校あるの、詐欺じゃない？　来年からは休みにしたほうがいいって」

机をガタガタと揺らしながら「そう思うでしょ」と同意を求められ、私はエキサイトしている亜美に彼女が忘れ去っている事実を告げる。

「来年から休みになっても、私たち卒業してるから意味ないじゃん」

「あ、そっか」

亜美の間の抜けた声に、舞香《まいか》のしみじみとした声が続く。

「祝日がない六月に休みがあれば嬉しいけど、卒業したあとに休みができてもね」

のんびりと席に座っていた私を迎えに来た友人二人の創立記念日に対する気持ちには温度差があるようで、亜美ほど休みにこだわっていない舞香が話を変えるようにパチンと手を叩《たた》いて私たちを見た。

「これから行きたいところあるんだけど予定ある？」

「特にないけど」

舞香に視線をやって答えると、亜美がにこやかに「私もない」と続けた。

「じゃあ、日焼け止め買いに行くの付き合って」

「行く行く。本屋にも寄っていい？　参考書買いたいし」

亜美の無駄に元気のいい声に、気になっていた漫画があることを思い出す。舞香が夏服の必須アイテムだといつも言っている日焼け止めはともかく、漫画はかなり面白そうだったから買えるなら買いたいと思う。

お金はあるし――。

そこまで考えて、残り少なくなっているものがあることに気がつく。

「ごめん、用事があるの思い出した。二人で行って」

「えー、志緒理《しおり》も行こうよ。今まで忘れてた用事なんてほっといてさ」

亜美の大きな声が響いて、舞香の声が続く。

「用事ってどこか行くの？」

「どこかっていうか。お父さんと待ち合わせあるの忘れてた」

「え、お父さん今日休みなの？」

舞香が驚いたように言う。

「あー、休みじゃなくて。仕事でこの近くに来るから、ついでになんか渡したいものがあるって言われてて」

私はお父さんと待ち合わせをしたりしないし、お父さんにはそんな時間はない。これはただの口実で、用事――銀行へ行くとは言いたくないだけだ。

仙台さんに渡す五千円札が残り少ない。彼女の放課後は、千円札五枚でも、一万円札とそのおつりでもなく、五千円札一枚で買うと決めているから両替という行為が必要になる。

正直に言えば、両替なんて面倒くさい行為だと思う。

しなくてもいいなら、したくない。

でも、五千円札は財布の中に入っていそうで入っていない。私にとっては定期的に手に入れなければならないお札だ。

「そっかあ。なら、仕方ないね」

舞香が残念そうに言い、亜美が「志緒理パパ、見に行きたい」と続ける。その言葉はあまり嬉しいものではなく、私はやんわりと亜美の言葉を否定した。

「見せるほどのものじゃないし」

お父さんとの待ち合わせは口実だけれど、その口実がなくてもわざわざ人に見せるようなものじゃない。

「じゃあ、私のお年玉貯金から志緒理パパの見学料を払おう」

「なにそれ。亜美、志緒理のお父さん見るのにいくら払うつもりなの」

「千円くらい？」

「なんか微妙な金額設定だ」

舞香がそう言うと、亜美が心外だというように語り出した。

「千円あったら本が一冊買えるじゃん。私だったら千円もらえるならパパの一人や二人見せるし、なんでもする」

亜美がキッパリと言い切る。私はそんな彼女に疑問が浮かび、問いかける。

「ほんとに千円もらえるならなんでもするの？」

「……内容による」

急にトーンダウンした亜美に舞香が笑い出し、「それ、なんでもじゃないじゃん」と当然とも言えるツッコミを入れた。

まあ、そうだよね。

亜美は正直だ。高校生にとって千円はそれなりの金額だけれど、千円くらいで人はなんでもいうことをきいたりしない。できることと、できないことがあるのは当たり前だと思う。

でも、それが千円ではなかったら。たとえば――。

「ねえ、亜美。私が五千円あげるって言ったら、なんでもする？」

問いかけて、亜美を見る。

千円よりも重くて、一万円よりも軽い。

そういう金額だったらどうするのだろう。

「そうだなあ」

亜美が勿体《もったい》を付けたように言って、咳払《せきばら》いをする。そして、両手を広げて断言した。

「志緒理が神になる」

予想とはまったく違った答えに気が抜ける。そして、同じように気が抜けたらしい舞香の呆《あき》れたような声が聞こえてくる。

「亜美の神様、安くない？　っていうか、質問の答えになってないし」

「いいじゃん。大体、五千円って中途半端《ちゅうとはんぱ》じゃない？　なんでもしてほしいんだったら一万円とか言おうよ。たとえ話なんだしさ」

「じゃあ、十万円とか?」

亜美と舞香によって金額はさらに大きくなっていく。私のした質問はコロコロと転がり、あらぬ方向へ向かっていき、気がつけば二人は欲しいものの話をしていた。でも、私は五千円のことが頭から離れない。

たとえ話でも中途半端と言われた五千円は、お札としても中途半端で存在感が薄い。五千円札は、私に多すぎるお小遣いをくれるお父さんも置いていくことがほとんどないもので、たまたま以外で私の財布に入っていたことはなかった。

だから、仙台さんと本屋で会った日、財布に五千円札が入っていたのは偶然だ。

その日、どういうわけか五千円札があったから、仙台さんの代わりにお金を払った。

でも、偶然は長くは続かない。

仙台さんに五千円を渡すようになってから、私が持っていた何枚かの五千円札は消費され、すぐに尽きた。そして、私は買い物のおつりで集めるという行為以外に、一万円札や千円札を五千円札にする方法をわざわざ調べることになり、両替機の存在を知った。さらに、それが意外に不便なもので、昼休みに銀行まで行くか、今日のように学校が早く終わるようなときじゃないと使えないことも知った。

仙台さんは私に知らなくても良かった知識を与え、私を煩わせる。

たまたま私の元へやってきた五千円札を封筒に入れ、集めておいた分だけ彼女を呼べばいいのかもしれないけれど、そうはいかなかった。

「そろそろ行かないと」

私は鞄《かばん》を持って立ち上がる。

「途中まで一緒にいこう」

舞香がそう言い、三人で学校を出る。五分ほど歩いたところで二人と別れて、私はそのまま銀行へ行った。

ＡＴＭでお金を下ろし、それなりに人がいる両替機の列に並ぶ。しばらくすると私の順番がやってきて、両替機に入れたお金が五千円札になり、私の元へやってきて財布にしまう。

最初は戸惑った操作にも慣れた。

なんの感慨もなく銀行へ来て帰ることができる。

でも、ときどき考える。

本屋で払ったお金が五千円札じゃなくて千円札と小銭だったら——。

仙台さんだって、亜美が今日答えたように内容によっては私の命令に従わなかったはずだ。私の家に来ることすらなかったかもしれない。一万円札だったら、仙台《せんだい》さんは私の家に来ることなく、学校で無理矢理お金を返してきただろうと思う。

そうなっていたら、五千円札を封筒に集めることも両替をすることもなかった。

私は銀行を出て、仙台さんにいつものメッセージを送る。

返事は待たずに家へ向かう。

本屋には寄らない。

歩道のタイルの中でも色の濃い部分を選んで歩く。

鞄の中でスマホが着信音を鳴らす。取り出して画面を見ると仙台さんからメッセージが届いていて、両替したばかりの五千円札が必要になることがわかる。

今日、私はどんな命令をすればいいんだろう。

五月に仙台さんとキスをして、六月に彼女の耳を噛《か》んで。

それからどんな命令をすればいいのかわからないまま彼女を呼び、六月が続いている。

わかっていることと言えば、私と仙台さんには五千円が必要だということだ。

私は仙台さんの神様ではないけれど、彼女は五千円を渡せば私のいうことをきく。

五千円は千円五枚の集合体で、一万円の半分の価値だ。

それ以上になることはないし、それ以下になることもないけれど、仙台さんの放課後を買うには丁度いい。ただ、その五千円は〝五千円札〟でなければならない。

私は歩く速度を上げる。

どんな命令をするにしても、仙台さんが来る前に家に帰り着かなければいけない。


私が家に着いてから十五分ほど経《た》ってインターホンが鳴る。

モニターで仙台さんの姿を確認してから、エントランスのロックを解除する。すぐに彼女が玄関の前までやってきて、私はドアを開けた。

「今日、早いね」

なんとなくどうでもいい言葉が口から出る。

「そんなに早くないと思うけど」

仙台さんもどうでもいいように言って、靴を脱ぐ。私は彼女を待たずに部屋へ戻る。すぐに仙台さんもやってきて、ベッドの近くに鞄を置くと、ブラウスの上から二番目のボタンを外した。

「はい」

私はテーブルの上の両替したばかりの五千円札を渡す。

「ありがと」

仙台さんがそれを財布にしまう。

なんでもないことのように。

無意味な繰り返しのように。

五千円のやり取りは今日の約束の始まりで、私たちのすべての始まりでもあるけれど、ただそれだけの意味しかない。そう思うのに、財布に消えた五千円の行き先がほんの少しだけ気になった。

お便りはこちらまで

〒一〇二-八一七七
ファンタジア文庫編集部気付
羽田宇佐（様）宛
U35（様）宛

富士見ファンタジア文庫

週《しゅう》に一度《いちど》クラスメイトを買《か》う話《はなし》2
〜ふたりの時間《じかん》、言《い》い訳《わけ》の五千円《ごせんえん》〜

令和5年6月20日　初版発行
令和6年3月25日　7版発行

著者——羽田宇佐《はねだうさ》

発行者——山下直久
発　行——株式会社KADOKAWA
〒102-8177
東京都千代田区富士見2-13-3
0570-002-301（ナビダイヤル）
印刷所——株式会社KADOKAWA
製本所——株式会社KADOKAWA

ISBN978-4-04-075028-6 C0193 ◆◇◇

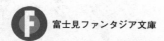